CW00457824

AMLEPSE

Robert Casajuana Dasca

Aquesta pàgina és per la dedicatòria. Jo la faig servir també pels agraïments:

A la Pat, per mil motius; ella ja sap perquè. Al meu pare, per llegir el llibre i pels consells.

A la Nora, per l'alegria i la trobada. Al Joe, per l'emoció i la sorpresa.

A totes les persones que s'estimen. I a vosaltres, per estar aquí, per insistir, per no desistir, per llegir-me.

RESSENYA :

"Aquesta història és un relat obscur, inquietant, claustrofòbic i hipnòtic.

L'autor juga amb nosaltres al seu gust, s'ho passa bé i ens fa gaudir de la lectura.

Ens fa dubtar, ens angoixa i ens enganya. En alguns moments penses que potser tot és un malson, i per això el nostre subconscient ens fa desfilar un munt d'escenes estranyes, inversemblants, ridícules, incoherents, còmiques i tràgiques,

barrejades amb les nostres pors més íntimes i secretes."

Miquel-Àngel Casajuana Palet.

Títol de l'edició: Amlepse
Editorial: Independently published

1ª Edició: Barcelona, gener 2018
2ª Edició: Barcelona, juny 2019

Il·lustració: Robert   Casajuana   Dasca
ISBN: 9781977067470
Printed in Poland by Amazon Fulfillment

Aquesta història és 100% ficcional.
Robert Casajuana Dasca. Tots
els drets reservats.

Jo tinc un nus estret a la gola; m'ofego. No en seré capaç. Però sembla senzill: aixecar-se, anar cap a la cadira, asseure's, encendre l'espelma i parlar. Parlar. Demà em tocarà a mi. Però jo ja parlo, parlo dintre meu. (...) L'espelma s'apagarà aviat. Es troba en molt mal estat, ja només queden dos o tres minuts, i..., i..., i...vaja, he d'esternudar...ah..., ahhh, uf, ja ha passat. Em pica sota el nas. Des de fa estona noto que alguna cosa es remou per dins i va pujant a poc a poc. Apa, em noto alguna cosa freda a la mà.
Freda i humida. I vermella. Sang. Com si tingués la sang freda. Em raja pel dors de la mà esquerra, un rajolí molt lent que m'acarona la pell amb suavitat.

Bernard Friot, *No diré res*

Els petons dels poetes són els millors. Tu em beses com la flama d'una espelma.

Patrick Rothfuss, *El temor d'un home savi*

Vaig passar la nit escorcollant els meus records: ¿algú m'havia estimat? ¿Pel camí, havia trobat algú, nen o adult, que em fes sentir la increïble elecció de l'amor? Malgrat els meus desitjos, no havia viscut mai les amistats grandioses de les nenes de deu anys; a l'institut, no vaig captar l'atenció apassionada de cap professor. Mai no havia vist encendre's en els ulls dels altres, l'única que flama que consola de viure.

Amélie Nothomb, *Antichrista*

1.

Espelma. Olor d'espelma.
Obro els ulls.
Desperto. D'on ve aquesta olor?
Recordo la nit, la beguda, el ball, la música, la Clara i la Mercè. Recordo que algú va dir alguna cosa ahir. Potser era alguna cosa important, que no em convenia oblidar. Crec que la frase exacta era: "No obris la porta, per res del món". Somric com una bleda. Tanco els ulls. No passa res. Tot va bé.
Torno a adormir-me. No puc. Neguit petit que va creixent. Foc al cos. Calor arreu. Ofec dins meu. Claror ombrívola. Lluita infinita. Nit buida. Foscor encesa.
Nit reprimida. Llum apagada. Nit adormida. No puc deixar de tancar i obrir els ulls. Ho faig repetidament, com si no hi hagués res més a fer. Algú em parla des de la llunyania. Una veu que no conec recita paraules inconnexes que em fan estremir de cap a peus.

—Espelma ardent. Vigília encesa.

Què diu? Qui parla? No vull escoltar res. Però ho torno a sentir.

—Candela freda. –diu la veu —Suor que crema.

Què vol dir, això? Qui ho està dient?

És el meu cervell, que em juga males passades i mussita veus imaginàries? Per força ho ha de ser. No hi ha ningú més, aquí.

—Promesa entesa. Somni vigent.

No vull sentir res. No vull entendre. No vull pensar. No vull estar aquí. Fa massa estona que no puc dormir i ho intento. Fa massa hores que no em moc ni un mil·límetre del llit i tot i així resto amb la consciència desperta. No puc entendre a què és degut. Què diantre em passa? Quantes hores deu fer que no dormo?

Tot d'una, es fa de dia i la llum m'abraça sense forces. Em sento viva, però molt cansada. Massa fatigada per entendre res.

Què m'ha passat? Què he estat fent? On està el meu món de sempre? He dormit massa, o massa poc?

Em decanto per la segona opció. Dec haver dormit poc, és per això que em faig aquestes preguntes absurdes. Però no quedo satisfeta. Tinc una sensació estranya. Hi ha alguna cosa que em diu que no he dormit gens. Que tinc febre. Que estic malalta. Que no em trobo bé. Que tot això tot just acaba de començar. Que les paraules que he sentit han estat reals, i no només una mala jugada de la meva ment.

Paro l'orella. M'incorporo del llit. Respiro amb cautela. No se sent res. Me n'alegro, tot i que no sé per quin motiu ho faig. Em sento buida però calmada, pansida però alleugerida, com una flor marcida després de moltes hores sense beure aigua.

El meu pijama està tan suat que no el vull ni tocar. Però el toco al caminar. El Max em mira amb un ull obert i l'altre amagat darrere l'orella, assegut al seu racó, al costat de la porta de la meva habitació. Abans d'anar cap al lavabo, pujo les persianes de la finestra. El sol s'embolcalla pel meu cos, inundant l'habitació i escalfant la meva fredor. Sembla que tot va bé. Només ha estat un malson. No cal amoïnar-s'hi. Sembla que va tot bé. Entro al lavabo i em frego els ulls sota la gelor de l'aigua de la pica. Estic plena de lleganyes, baves i suor per tota la cara. Me la rento a consciència, com si vingués de fer-me un bany de fang. Aleshores alço el cap una mica i em miro al mirall. Crido.

El meu reflex fa por; estic despentinada, suada i bruta com si hagués corregut deu mil metres llisos. Però el crit que llenço és per un altre motiu.

No vull entendre el que veig.

No vull veure el que estic veient.

Algú està intentant espantar-me.

Algú ha escrit unes paraules al mirall.

Són de color vermell intens.

Són violentes, regalimen pel mirall a mesura que les llegeixo.

Per un segon, fins i tot sembla que cridin. No vull tocar-les. No ho trobo necessari. Però ho faig.

No entenc què està passant.

No entenc què haig de fer.
Em llepo el dit amb el qual he tocat les
paraules del mirall.
Gemego. Les cames em tremolen.
Té gust a sang.

MOU   A   BRAÇADES
PREN   ABRAÇADES
CARNS ABRASADES

2

Ha tornat a fer-se de nit, o he caigut estabornida? Un cop més, he sentit com s'apagava la llum del meu món. No entenc el motiu. Però potser sigui millor així. Després de tot, la foscor tampoc és dolenta. No puc veure-hi perquè tinc por de veure-hi. Però ho haig de fer. Haig de despertar si vull entendre què ha passat. Haig de descobrir què era aquella veu, qui ha escrit les paraules del mirall. Tremolo i obro els ulls. Em costa ubicar-me. Em fa un mal terrible el cap. Veig que segueixo estant al lavabo.
El meu pijama segueix sent el mateix.
Tot segueix al seu lloc. Però quan miro el mirall, veig que les paraules han desaparegut. Ja no hi són. Simplement, s'han esborrat.

M'apropo al mirall que cada dia em veu, que cada dia em contempla en silenci. Li pregunto sense moure els llavis si estic bé del cap.

—Estic somiant o estic desperta? — murmuro, sense saber a qui em dirigeixo— Què em passa?

No puc esperar que el mirall em doni la resposta. Seria massa xocant. Només serviria perquè em tornés a desmaiar. Si és que m'he desmaiat, perquè no ho sé del cert. No tinc ni idea de què ha passat de debò i què no. Cada vegada que ho intento recordar, ho veig menys clar. Sembla com un malson, però en els malsons hi ha raonaments tan complexos com els que estic fent? Fins quan duren, els malsons? No crec que estigui dormint. Ha d'haver-hi una altra explicació. Potser vaig beure massa la nit anterior.

Què vaig fer? Vaig anar al bar de la cantonada. Sí. Amb les amigues. Només vam beure un parell de copes. O potser tres. Tres cadascuna? No ho recordo. A quina hora vam arribar a casa? Em va acompanyar algú? No ho recordo.

El que sí puc recordar és que rèiem molt, la Clara em llençava boletes de paper mullades amb alcohol i jo intentava esquivar-les. La Mercè em va dir que parés de riure, que volia estar atenta per si s'apropava el cambrer. Que volia semblar adulta i seriosa, no com la Clara i jo, que érem un parell de immadures.

—D'acord, d'acord.— Vaig assentir, callant al veure que s'aproximava l'admirador de la Mercè. Era un paio d'uns vint i pico, més o menys de la nostra edat. Somreia com un badoc cada vegada que la Mercè es passejava pel bar, tant era com anés vestida, tant era si estava o no borratxa. Ell sempre es portava com un galant. Només veure'ns arribar, s'apropava i deia que les tres estàvem molt guapes, però mirava fixament a la Mercè. A mi francament em feia por, aquest noiet. La Mercè deia que era encisador. Jo li responia que més aviat el trobava empipador. Però aquella nit es va portar d'una manera estranyament amable. Més que de costum.

—Mercè, com va tot plegat? T'he vist molt seriosa i m'he amoïnat.

—Jo? —La Mercè era una experta fent- se passar per burra. Deia que funcionava molt bé per lligar amb els nois. Jo creia francament que era la idea més estúpida del món.

—Sí, tu. —el cambrer somreia tan badoc com sempre, però aquella nit, no va dubtar a fer- me fora del meu lloc i asseure's al costat de la meva amiga.—Em permets, bellesa?

El vaig mirar malament. Però davant la insistent mirada carregada d'il·lusió de la Mercè, vaig haver d'aixecar-me i cedir-li el lloc.

—No patiu, donaré un tomb pel bar.

El cambrer em va mirar com si fos un extraterrestre.

—No marxis, si aquí hi ha una altra cadira.

Me la va oferir ràpidament, semblava un mag traient conills del barret. Però la vaig rebutjar amb una mà alçada.

—Tranquil, haig d'anar al lavabo.—vaig mussitar.

I vaig fotre el camp d'allà.

Recordo que quan vaig tornar del lavabo, la Mercè no parava de saltar d'alegria, i la Clara em mirava amb ulls suplicants.

—Què ha passat?—vaig preguntar.

—Oh, oh, Candela!—va cridar la Mercè, agafant-me per les espatlles, sacsejant-me amb massa força, com si fos un espantaocells.

—Oh, oh, què?

La Clara va sospirar, tot posant els ulls en blanc.

—Endevina-ho.

No em va caldre rumiar massa.

—La tècnica de fer-se la ximpleta ha funcionat.

—Exacte.—Va tornar a sospirar la Clara.

—Sí, sí! —va cridar la Mercè— Ha sigut genial, esplèndid, màgic, fabulós! No m'ho puc creure! Si ho hagués vist en una pel·lícula no m'ho hauria cregut! Ha sigut millor que un somni, meravellós, genial! Mira, com t'ho diria, ha sigut...

En aquell punt, va ser quan vaig desconnectar.

Si quan anava èbria ja parlava pels colzes, en els seus moments de borratxera, la Mercè esdevenia una espècie d'orangutan cridant onomatopeies a tort i a dret. Tot un espectacle digne de zoològic, però no pas digne d'una

nit de festa. Massa energia per mi. Potser m'estic fent gran, vaig pensar de retorn a casa.

I ara miro el mirall amb estupefacció. Segueixo sense entendre què ha passat. Ha estat un somni, això de les lletres vermelles? I la veu que em cridava?

Sacsejo el cap. Vaig cap al menjador i em preparo un esmorzar abundant, tenint en compte que no hi ha ningú a casa. Sent diumenge, imagino que l'Amèlia, la meva germana, i la mare, deuen haver anat al mercat. Sempre els hi agrada tafanejar i donar mil voltes per les gangues i les ofertes de roba del mercat. A mi m'horroritza massa anar de compres, i per això em quedo a casa dormint fins tard. S'hi està molt millor. Més tranquil, més silenciós, més agradable, menys gent.

Però aquest matí ha sigut l'excepció. Engoleixo l'entrepà de pernil dolç i em bec el suc.

Torno a la meva habitació i acaricio el Max. Em mira amb uns ulls cansats, com si tampoc hagués dormit gens. És el cinquè gos que tenim, i el més bo del món. Chihuahua negre foc de pèl llarg, nas aixafat, potes i celles de color marró clar. Com diria la Mercè, una autèntica monada. Jo prefereixo dir, un gos com cal. Soc bastant menys fina del que aparento. Com si només hi hagués noies fines, en aquest món.

El Max gruny i s'allunya de la meva mà. Suposo que voldrà fer un pipí o beure aigua.

M'encantaria poder parlar-hi i preguntar-li si ha vist o sentit alguna cosa estranya.

M'encantaria conversar una estona amb ell i que m'expliqués si se sent diferent, com em passa a mi, si ell també ha dormit malament i ha tingut malsons. Em sentiria una mica millor. Però, per desgràcia, els gossos no parlen. Bé, no parlen el nostre idioma. Tot i que, si els ensenyes bé, poden aprendre'n algunes paraules.

Per això deixo que marxi i sospiro, sentint-me la persona més cansada i avorrida del món. El meu mòbil gemega, vibra, i deixa anar un timbre agut. Tot alhora. Maleït mòbil.

L'agafo. Resulta que el meu ex m'ha enviat un missatge de Whatsapp.

Fantàstic.

Jaume: Eiiiiii preciosaa!! Com has dormit, bufonaa??? Jo mooolt bé, pensant en tu.

Torno a sospirar.

El cap em pesa i les cames em fan figa. M'estiro al llit, com un pes mort. Tanco els ulls. Sento que algú em toca les cames. Deu ser el Max.

—Max, no cal que em parlis. De totes maneres, avui no és el meu dia.

Penso en el que ha succeït en el dia d'avui. Un desastre sense remei. Què més pot passar?

Sento que la calma s'apodera del meu cos. Començo a adormir-me un altre cop. Sempre prefereixo el silenci a cap altra cosa. Aleshores una veu em desperta.

—No és per res, Candela, però estaria bé que em donessis una mica de menjar, que ja va sent hora.

M'incorporo, sobresaltada. No pot ser.

El Max em mira amb uns ulls divertits. Es llepa els bigotis amb una llengua d'un pam. No pot ser.

El meu gos acaba de parlar-me.

Fantàstic.

Torno a estirar-me al llit, morta de por.

Em cobreixo els ulls amb les mans, neguitosa.

Què m'està passat? M'estaré tornant boja? O ja ho era abans i no ho sabia?

Estaré tenint alguna espècie de trastorn propi de les noies de vint anys?

Torno a notar unes potetes que es passegen pels meus peus.

Una veu aguda com un xiulet em dona una resposta gens reconfortant.

—Segon intent; Candela, que estàs sorda? M'estic morint de gana!! Aviso: al tercer intent, començaré a mossegar-te les sabates.

3

Potser repetir-ho dins del meu cap m'ajudi a entendre-ho.

El Max ha parlat. I dues vegades. Em resulta una mica colpidor, sobretot perquè després que li omplís el seu platet de pinço fins a dalt, m'ha mirat a cua d'ull d'una manera massa intel·ligent. No dic que els animals siguin burros. No és això. Però el Max mai m'havia mirat d'aquesta manera. Ara resulta que pot parlar amb mi i em mira com si m'entengués...Vaja, potser sí que m'estic tornant boja. Sort que ja no ha dit res més. Ara mastega com un condemnat el pinço.

Resulta una mica estrany, que em faci por que el meu gos acabi de menjar. Però és que no vull que em torni a parlar. No ho trobo normal. Em faria una mica de por. De fet, encara estic tremolant de la sorpresa. Si és que se'n pot dir sorpresa, d'això...

Em sembla que el millor que puc fer és anar a donar una volta. Però si me'n vaig jo sola, el Max em cantarà les quaranta, segur que es posarà de peu sobre la taula i em començarà a llençar granades.

A aquestes alçades, m'ho espero tot. No vull pensar en el que està passant avui, perquè segurament siguin només paranoies, històries que em creo jo soleta per no avorrir-me. És cert que soc una noia una mica, bé, diguem-ho amb totes les lletres, molt independent.

També és cert que m'encanta anar a la meva, sense dependre de les meves amigues o la meva família per anar a tal lloc o a tal altre, per fer un viatge o anar a un concert, o al cinema a veure l'última pel·lícula del director que sigui. La qüestió és que soc una persona una mica diferent a la norma, vull dir que em considero callada, reflexiva, independent i solitària, potser en un grau massa alt pels estereotips
i els reglaments de la societat actual.
La majoria de gent no entén que siguis diferent, ho veuen com un pecat o com un motiu per envejar-te. No entenen que no pensis o no facis les coses com ells volen o creuen. Si algú em preguntés què faig anant sola a un concert o al cinema, com és que no m'avorreixo, com és que no em fa por, no sabria si plorar o riure a ple pulmó.

Resulta molt absurd i cansat haver d'intentar explicar a algú una cosa que ja d'entrada saps que no entendrà i que ni tan sols li interessarà. Potser em tatxin de repel·lent massa sovint, però crec que tinc idees clares i raonades, no pas arguments demagògics i pansits.

Només amb la pregunta que et formula, endevines a anys llum que la teva resposta serà supèrflua, que no tindrà cap significat per ell o ella. Perquè cadascú veu les coses a la seva manera, i no pots estar d'acord amb tothom, o millor dit amb ningú.

És per això m'esforço tant a passar desapercebuda, a parlar poc i fer poc soroll. Perquè justament m'agrada viure a la meva, sense que ningú em pregunti què faig o què deixo de fer, per què faig tal cosa i no tal altra. Com si en aquest món les persones haguessin de fer totes el mateix, com si tothom

hagués de pensar de la mateixa manera. A vegades sembla com si no hi hagués ningú diferent, com si fóssim tots empresaris de corbata, figures patriarcals de famílies benestants amb els diners que els hi surten per les orelles. Persones de parla grandiloqüent i gran eloqüència, ànimes cohibides i persones treballadores, experts en relacions públiques i en convenis socials.

A vegades sembla que tots siguem humans de sentiments reprimits, però d'actes servicials, i fins i tot col·laboradors eficients de la estabilitat social i econòmica del món, de la sostenibilitat del sistema capitalista que ens han donat sense dret a escollir-ne cap altre.

Ara hauria de deixar de pensar tant. Potser m'estigui inflant el cap de més idees que no venen a conte.

Truquen a la porta. Qui deu ser? Suposo que la mare i l'Amèlia, que ja han tornat del mercat. Miro per la reixeta. No hi ha ningú.

Obro. Una veu sospira. Són imaginacions meves. Tanco la porta. El Max em mira amb uns ulls brillants. Sembla que té alguna cosa entre les dents. Gruny quan m'hi acosto. Sembla que estigui impacient. És una carta, un full petit rebregat. No vull llegir-ho, però sento que ho haig de fer. Està escrit amb matusseria.

Són unes lletres deformes, desiguals, irregulars. Sembla que les hagin escrit amb tot el temps a sobre, a corre-cuita. No són unes lletres gaire professionals. Però igualment, per alguna raó que desconec, em desperten pànic.

Un pànic que em fa estremir de cap a peus.
Només hi ha una paraula escrita.
Una sola paraula i tanta intensitat.

AMLEPSE

Les mans em tremolen d'una manera incontrolable.
De què tinc tanta por?
Des de quan soc tan poruga?
Una gota de sang cau a terra quan arrugo el full.

4

Després dels trucs a la porta he hagut de seure una estona. La misteriosa nota amb una sola paraula escrita encara dona voltes dins del meu cap. Al cap d'una estona, he netejat la gota de sang del terra i m'he donat una bona dutxa amb aigua freda per relaxar- me.

M'he fet el dinar, he menjat sota l'atenta mirada del Max i he anat a dormir un parell d'hores. Ara m'acabo de llevar, una altra vegada amb la incerta sensació que aviat vindran més esdeveniments estranys. No vull deixar portar-me pels nervis, però encara no he tret l'entrellat sobre tot el que m'està passant en el dia d'avui, i començo a preocupar-me per la mare i l'Amèlia. Ja fa estona que haurien d'haver tornat.

El Max puja dalt del meu llit i em llepa la cara d'una manera generosament fastigosa. No és que em faci fàstic, però en aquests moments em repugnen les seves baves i la seva energia insaciable. No tinc ganes de jugar amb ell, encara que remeni la cua com un boig i els ulls li surtin de les òrbites.

Està a punt de bordar, el conec prou bé. Per això m'aixeco i busco al segon calaix un premi dels que li agraden.

És una mini galeta de color marró, feta de carn de vedella. Fa una olor deliciosa. L'hi surt un pam de llengua i se'm llença a sobre quan veu el premi.

—Seu, quisso.
No sé per què li dic, el conec prou bé per saber que no em farà cas. Faig uns ulls com taronges. Em fa cas.
Per primer cop en no sé quants mesos, m'ha fet cas. Com pot ser? Intento no donar-hi més importància de la que té; al capdavall és un animal. No puc saber què pensa i què no, per què fa una cosa i no una altra.
Li dono el premi. El mastega a la velocitat del vent.
    —Gràcies, maca— diu, amb una veu massa aguda per ser real— Ara grata'm una mica la panxa, vols?
No ho puc evitar. Faig un vot i per poc no topo amb el cap contra el sostre.
    —Què?
    —Que vull que em facis carícies!
Em giro per fer veure que no sento les seves paraules.
—Ei, tu, no m'ignoris! Sé que em pots sentir!

El Max remena la cua d'un costat a l'altre i em mira amb malícia.

Tanco els ulls i respiro profundament. No vull creure que el que està passant sigui veritat, per tant, me n'oblido. Haig de fer coses més importants. Vull fer alguna de profit. Agafo el mòbil, que ja està carregat al cent per cent, i envio un *Whatsapp* a la mare.

Candela: Mare, on sou?

Heu anat un altre cop al mercat?

No espero que em contesti. Normalment no ho fa. La mare és una d'aquestes dones que no fa cas de les novetats tecnològiques, que intenta allunyar-se de totes les classes de maquinària, ordinadors o aparells intel·ligents. A vegades li dic de broma que és una autèntica revolucionària anti-sistema, que aviat vindrà la policia a casa a buscar-la i l'hauré d'amagar a casa dels veïns o sota terra.

Per tant, dubto molt que contesti al missatge que li he enviat. Tot i que estaria bé que ho fes.

Em quedaria bastant més tranquil·la.

Vaig al lavabo a rentar-me la cara després de la migdiada. Sento unes passes.

No en faig cas. Semblen molt properes.

Suposo que són imaginacions meves, com tot el que ha passat darrerament.

El Max murmura alguna cosa que no vull entendre.

—Ja estan aquí, Candela. Ja han vingut.

Li dic que calli d'una maleïda vegada, que ja n'hi ha prou de molestar-me, que no m'espantaré per un gos que parla. Aleshores sento uns cops. Són massa forts perquè els ignori. No hi vull ni pensar. Però és així.

Efectivament, torna a passar. Tornen a trucar a casa. M'apropo a la porta. Abans de mirar per la reixeta, sento que el meu mòbil vibra.
Espero que no sigui el meu ex.
Per sort, és algú altre.
No pot ser.

Mare: Candeeeela, candeeeeela de plata amb dimonis i un pirata.

Tanco els ulls. Això no pot estar passant.
Candela: Mare? Ets tu? Què passa?
Va tot bé? Per què no entreu?

Empasso saliva.

La Mare està escrivint.
La Mare està escrivint.
La Mare està escrivint.

Mare: OOOOOH! Va tot bé, va tot bé. Esclar que va tot bé! Obre la portaaaa, de pressa, obre la maleïda portaaaaaa!! Candela encesa, foguera que crema!!

5

He hagut de tornar a estirar-me al llit. No em trobava gens bé. No entenc a què és degut tot això que passa. Què vol dir "AMLEPSE"? No puc deixar de mirar la nota. La sang amb la que estava escrita s'ha assecat i ja no goteja. Què hi té a veure una espelma, en tot plegat? Per què sento veus i trucs a la porta quan no hi ha ningú? No he volgut obrir. Per sort, ara ja no truca ningú. Ja no sento els cops ni les passes. Però el missatge de la mare m'ha deixat desconcertada.

Què vol dir? Per què em diu això? Són l'Amèlia i ella, qui estan darrere de la porta?

El Max s'aixeca del seu llit i em mira amb una expressió de pànic que podria haver retratat amb la càmera el meu mòbil.

Però no m'ha donat temps. L'he hagut de seguir a corre-cuita. S'ha aturat com un estaquirot davant la porta de casa. He acostat a poc a poc l'orella. El temps s'ha aturat, perquè el meu cor semblava bategar a un ritme massa ràpid.

Fa una bona estona que estic aquí dempeus, davant la porta de casa, esperant que passi alguna cosa.

Sospiro. Això és absurd.

El Max fa molta estona que no aixeca el cap, que no em mira ni diu res. Bé, que no digui res em reconforta. Però la resta...

Que no es mogui, que no deixi d'observar amb fixació la porta tancada de casa. Això no ho puc entendre. Ho fan sovint, els gossos?

M'ho pregunto perquè el meu gos és el primer cop que ho fa. Normalment dorm durant hores i ja no es mou del llit a menys que li obliguis a fer-ho.

El Max mou una orella i comença a grunyir amb una intensitat que no m'agrada gens. Sembla que estigui enfadat o espantat per el que sigui que hi ha a l'altre costat de la porta. Sé que no ho hauria de fer, perquè acabaré embogint més encara. Però no tinc cap més opció.

Desenganxo els llavis a poc a poc i formulo una pregunta buida.

—Max, si pots parlar, pots dir-me qui...hi ha darrere la porta?

El Max respira amb més força. Puc sentir el seu característic ofec, propi de la majoria de variants de la raça de Chihuahua.

No sembla que s'estigui ofegant, però se'l veu pàl·lid. Dirà alguna cosa? Respondrà a la meva inquietant pregunta?

—Candela, t'ho diria ara mateix. —gruny a sota veu— Però francament, serà millor que ho comprovis tu mateixa.

El Max gruny un altre cop. Sembla que ara no s'ofega com abans. Però puc sentir vagament els batecs del seu cor. O potser és el meu, que no para de bategar cada cop amb més força?

Quantes vegades em preguntaré en el dia d'avui què està passant?

Per què passen tantes coses que no controlo i no entenc?

Quan s'acabarà aquest malson del qual no puc despertar?

No puc donar més voltes a tot plegat. És una pèrdua de temps, un temps preuat del qual no disposo. Se m'està acabant el temps. Haig de moure peça per descobrir què és el que no rutlla bé.

No puc aturar-me a pensar que el gos m'està parlant a mi, m'està parlant realment i diu coses amb sentit. No puc aturar-me a intentar entendre què està passant, perquè haig d'actuar. El que ha volgut dir el meu gos és que haig de fer alguna cosa. Em penso que es refereix a que miri per la reixeta. Suposo que és això. Oh i tant, és evident que es tracta d'això.

I aleshores, per què no ho faig d'una vegada? Per què sovint ens resulten tan impossibles coses que en realitat no ho són gens?

És perquè estic morta de por. Tinc tanta por que no puc moure'm. Em sembla que ni tan sols puc respirar. Podria ser que em desmaiés abans d'arribar a moure la tapa de la reixeta per veure què s'hi amaga. Un ressò, una vibració trencant l'aire i el silenci em fa sobresaltar-me. Deu ser el meu mòbil. Algú m'ha enviat un missatge.

Clara: Eiiii, xataaaa!! Què tal? On ets? Recordes l'espelma? Quina por, tu. No obris la porta.
Mercè: Ostres, nena, em trobo fatal. Deu ser per l'espelma. No la vull ni recordar. Tanca la porta.

Quina espelma? No recordo res del que diuen. De què parlen, les meves amigues?

Mare: Pots, si us plau, obrir la maleïda porta d'una santa vegadaaaaaaaaa? L'Amèlia i jo estem cansades, molt cansades. Ho entens? Necessitem, volem, però no podem entrar a casa!!
Mare: Espelma ardent, candela encesa, cremaaa, cremaaaa, foguera estesaaa!!!
Mare: Crema araaa o esperaaa encara.
Última abraçada, braçada a braçada, fins a ser brasada.

Per què no obre amb la clau, la mare? Per què no truca al timbre?
No entenc res.
No sé què haig de fer.
No sé què volen que faci.
No sé què seria el que faria algú altre al meu lloc.

Per què a vegades costa tant escollir una opció? Per què un té tanta por a fer un pas en fals? Per què és tan incerta, la nostra existència?

He sigut una bona noia, estudianta, eficient. Mai he causat malestar a la meva família. He volgut el millor per les persones que m'estimo. Què he fet malament? Què hauria de rectificar? Què volen de mi?

Sospiro. Sento que algú crida. O potser soc jo mateixa. El meu cap es mou sol. Les meves mans no responen. El meu estómac està oprimit, empetitit. Sento passes, sento veus, sento batecs del cor que s'acceleren. El meu mòbil torna a vibrar. No en faig cas. Primer haig de comprovar-ho. Haig de veure què s'amaga darrere de tot aquest merder sense sentit. El Max segueix immòbil.

No vull ni tocar-lo. Apropo el cap a la reixeta de la porta.

Moc la tapa. Molt

lentament.

Hi ha alguna cosa.

No sé veure què és perquè no entenc què és. És diferent a res del que hagi vist abans.

Sento una espècie de cop sec. Les

meves mans tremolen.

—Mare, ets tu?—pregunto.

—No, no és ella.—diu la veu del Max. Uns ulls em miren a través de la reixeta. No m'ho puc creure.

Són vermells, són sagnants.

Aleshores tot s'atura.

Caic de genolls a terra.

El món tremola.

Algú riu.

Les meves cames fan figa.

El Max crida com un conill a punt de ser degollat.
Algú em tapa la boca i em colpeja el clatell.

No entenc res. No veig res.
Algú m'està intentant ofegar amb unes mans rígides i grosses.

Tanco els ulls i em deixo portar pel dolor final.
El meu últim pensament és que suposo que m'ho mereixo.

6

No és gaire agradable, adonar-te que la teva vida ha estat tan breu i absurda, que et sembla com si mai no haguessis existit.

Suposo que no he tractat prou bé la gent que m'estimava, i per això he acabat com he acabat. Suposo que tot això és una espècie de medalla d'honor, una culpa merescuda per tot allò que no vaig fer, per tot el que voldria haver fet, per totes les accions que vaig errar, per tots els defectes que no vaig confessar, per tots els problemes que vaig causar, per totes les males paraules que vaig pronunciar, per tot el mal que vaig crear.

No vull ser una víctima. Però potser sempre ho he sigut, com l'ocell que cau després de perdre les ales. No sap que mai més podrà volar, però ho intenta una vegada rere l'altra.

Hauria d'haver sigut més llesta. Hauria d'haver lluitat. Hauria d'haver insistit en viure. Ara suposo que estic morta, i aquests pensaments són només els darrers batecs del meu cos moribund. És evident que estic morta, perquè el que veig és negror i no sento res. Ni tan sols puc sentir el meu cor. Només soc capaç de pensar. Rumiar aquestes foteses que no serveixen de res. Culpar-me a mi mateixa pels errors del passat, cosa que acostumo a fer quan no té cap sentit fer-ho. El passat queda enrere, és inevitable equivocar-se sovint, esborrar el pas segur i ferm que havies iniciat. Tots ho fem, cada dos per tres. Però el meu cas és un cas apart. Acabo de perdre tot el que tenia.

Fins i tot el que no tenia, també ho perdut.

No té cap sentit culpar-me, però no puc deixar de fer-ho. Ara que no em queda res per fer, perquè ja no puc fer res. Ara que tot ha acabat com havia d'acabar.

O potser no. Potser en qualsevol moment sentiré de nou els batecs del meu cor, la veu de la meva mare, o de la meva germana, o de qualsevol persona viva, que vulgui despertar- me del meu martiri conscient, de la meva pròpia negació d'existir.

Per què, si no estic viva, com és que penso? Potser es pot pensar molt millor un cop mors. Potser tot el que pensem és sols un pròleg de la mort. Però aviat despertaré. Voldria fer-ho. M'agradaria molt tornar a començar.

Rectificar. Tenir una segona oportunitat.

No és massa demanar. A més, haig d'esbrinar què ha passat. Si no ho faig, no moriré en pau. Seré com esperit errant en pena, eternament. Obro els ulls i miro. Però no hi veig.

És com caure per tornar a caure.

Algú ha dit alguna cosa, però en realitat ningú ha dit res. Perquè ni tan sols sento. Només sé que puc pensar coses, i que ja fa massa estona que les penso sense avançar. Aleshores desperta la sensació que creia oblidada de tornar a sentir. Però el que sento és només opressió al pit. Una opressió similar a un cop de puny. Una opressió que tot d'una es comença a repartir per cada extremitat del meu cos. Un cos suat i cansat.

M'adono que estic immobilitzada sense saber com. Adverteixo que obro els ulls i intento veure el que em rodeja. Però tot el que veig és una imatge esgarrifosa de mi mateixa.

Aleshores entenc que estic empresonada en una presó molt pitjor que qualsevol malson. Estic estirada al llit de casa meva, amb un mirall enorme que és tot el que puc observar. Perquè, abans no pugui cridar, soc conscient que algú m'ha raptat i m'ha lligat.

Estic lligada de mans, de braços, de cames, d'estómac, de coll i fins i tot de boca. Tinc una espècie de morrió lligat fortament a la mandíbula, que m'impedeix articular cap mena de so. Almenys respiro. Almenys estic viva.

Però això ja no em serveix. Maleeixo a sota veu, tot i que no puc pronunciar ni un mot. Algú riu profundament. La rialla ressona massa a prop meu. O potser és la veu de la meva consciència. Un cop més, sento olor de sang. Si és que la sang té cap olor. Em pregunto si serà meva.

Em pregunto què és real i què no. Aleshores algú mou el mirall, i tot el que veig és una paret blanca.

La paret de la meva habitació. Sospiro, intentant fingir que tot va bé.

M'agradaria tant poder sentir alguna veu coneguda. Poder sentir que això no és real, que tot plegat és una broma de mal gust, un joc que acabarà tant bon punt ho demani. Però sé que m'equivoco, que estic vivint el pitjor malson que hagi imaginat mai i que tot just acaba de començar.

Aleshores sento una veu coneguda.

—Nena, jo ja et vaig avisar.—diu el Max.

Suposo que m'hauria d'alegrar de sentir la seva veu. Suposo que és una bona notícia. Però no tinc temps de donar-hi més voltes, perquè tot d'una sento un

sotrac eixordador, seguit d'un crit agut que només pot haver sortit de la gola del meu gos. Em pregunto si encara respira. Em pregunto si jo respiraré gaire més.

Aleshores, sense venir a tomb, recordo que el meu ex odiava els animals en general, i els gossos en particular. Però no té cap sentit. Ell no és tan valent i intel·ligent per maquinar un pla d'aquesta mena. El Jaume no seria capaç de fer-me això. Ni tant sols va tenir la dignitat de dir-me que s'havia enamorat de la meva millor amiga.

7

Tinc una visió. Ve un home. M'agafa. O potser soc jo mateixa. Ve una dona. M'agafa. És un monstre. És algú.
Diu AMLEPSE i diu CANDELA i diu CREMAR CREMAR ABRAÇAR CREMAR.
És el Jaume. L'he vist. O potser voldria que fos ell, així seria algú. Algú conegut. Encara que sigui un vertader cabronàs. Almenys no és un cabronàs desconegut.

A BU BU BU AMLEPSE
AMLEPSE
CANDELA   CREMA   CREMA
GLU GLU GLU

Obro els ulls. Continuo sense veure-hi.
Una sèrie de records que no sé si considerar amables o desagradables m'atrapen
mentre intento no adormir-me. És una bona manera de passar l'estona, reviure interiorment el passat.
Recordo una nit d'estiu abraçada al meu ex, no fa tant de temps. Havíem aprofitat que els seus pares estaven de viatge per fer el que feia tant que desitjàvem, lliurar-nos l'un a l'altre per complet, en exclusiva, en la màxima intimitat.

Vaja, tot allò que una parella normal desitja. Però les coses van anar malament, aquella nit d'agost. No vaig poder ni tan sols besar-lo. Perquè tot d'una va embogir, sense solta ni volta. Estàvem asseguts al seu sofà veient una pel·lícula d'aquelles antigues de Western, no sé segur si apareixia el Clint Eastwood o no, però la qüestió és que jo m'estava morint de son. Però el gruny que va fer el meu ex em va despertar.

—Merda.
—Què passa?
—Odio aquesta escena. Ara ve un paio i intenta salvar un gos que s'ha quedat atrapat a les vies.
—Per què l'odies?
—Ja ho saps. No m'agraden gens ni mica, els animals.
—I què?
—Per què cony ha de salvar-lo? Que es mori, que acabi desmembrat, atrinxerat com un conill.

Em vaig quedar glaçada. Literalment. No vaig saber què respondre. Em van venir basques. Em van passar les ganes de tot. D'abraçar- lo, de parlar-hi, de mirar-lo als ulls. Es va posar a riure quan l'actor va relliscar a un pam de salvar el pobre quisso, que estava a punt de ser atropellat pel tren.

—Això m'agrada!

Em vaig aixecar sigil·losament per anar a tancar-me al lavabo. No podia suportar-ho més. Com se li acudia comportar-se d'aquella manera tant...tant...psicòpata?

Em van venir ganes de vomitar un altre cop. Vaig agafar les meves coses i vaig sortir per la porta sense mirar enrere. Recordo que al rebedor hi havia una tauleta amb les claus, una postal, una fotografia de la família del Jaume, i una pistola de joguina. Aquella pistola sempre m'havia cridat l'atenció, perquè tenia un dibuix estrany en forma de...d'espelma. No entenia què hi feia un dibuix tan bonic en una arma de foc de joguina. Una eina per matar, encara que fos una simulació.

Amb una espelma. Torno al present. Ara que hi penso, espelma era una de les paraules que vaig veure escrites al mirall. I la paraula de la nota.

AMLEPSE.

Ostres. No pot ser.

Espelma escrit en sentit contrari.

Faig uns ulls com taronges.

Unes passes em posen en tensió. No puc veure res, perquè tinc una vena als ulls. Però puc sentir i escoltar perfectament.

—Reina, què fas?— em pregunta una veu vagament familiar- Estàs còmode, al teu llit? No pateixis, ara vinc a fer-te companyia.

Només falta una cosa, un últim toc per fer-ho tot més bonic, més romàntic. Endevines quina?

Silenci. Un minut de silenci. Sembla com si esperés la meva resposta.

—Sí, sí, ja ho sé, princesa, ja sé que estàs emmordassada. És millor així, encara que et sembli cruel. Ja t'ho dic jo, sé el que em faig. Avui és un dia especial per a tu. Ho hem de celebrar. I per això cal bufar l'espelma.

L'espelma és el toc definitiu. No et pots ni imaginar el poder d'una espelma, reina. Oi que sembla una absurditat? Doncs no ho és.

L'espelma és molt més del que sembla; és tot el que cal per cremar. I saps què? Aquesta nit cremaràs. Oh, i tant. Faràs una foguera fins als núvols, encendràs el cel d'un to rosat, faràs una festa de focs artificials magnífica, de les que no s'obliden.

8

El meu cor batega a un ritme accelerat. Què ha passat? Ha dit que avui és un dia especial, però no sé per quin motiu. Quin dia és, avui? Podria ser que fos dimarts, vint de novembre? És possible que sigui el dia del nostre aniversari, de quan el meu ex i jo ens vam conèixer? Diria que sí. Era el dia vint, el primer cop que vam quedar a soles. Aleshores, ha estat tot cosa d'ell? No ho acabo de veure clar.

Per què encara respiro? Em volia cremar viva, el degenerat aquest? Qui era?

Per la veu semblava el Jaume, però segur que és ell? Em costa de creure que el meu ex sigui qui s'amaga darrere de tot plegat.

Jaume, si ets tu de veritat, digues,
series capaç de fer-me mal?

De cremar-me viva? Socarrimar-me?

Així, sense més?

I si fos així...Per quin motiu ho voldries fer? Venjança? Odi? Rancor?

On ha anat? Per què m'ha deixat sola?

Potser hi ha algú més. Potser això no sigui cosa d'una sola persona. La mateixa que em va fer aquelles pintades al mirall de casa, la mateixa que va deixar la nota a la porta...

—Ja va, ja va.—sento que diu la veu un altre cop.

I tot seguit uns trucs insistents. Algú està picant a la porta de casa.

Qui deu ser, ara? Tant se val, qui sigui. Haig d'aprofitar aquest moment. No tindré dues vegades aquesta oportunitat. Com em deu haver lligat? Pel que percebo, imagino que seran unes corretges o unes cordes fortes que s'arrapen a la meva pell. Com en podria escapar? Amb les dents? Impossible. Tinc un morrió que m'impedeix moure un sol mil·límetre la mandíbula. No puc obrir la boca ni per respirar. Hi ha d'haver alguna manera. A les pel·lícules, les coses són molt més senzilles.

Els bons sempre s'acaben salvant. Els protagonistes, per més maldestres que siguin, sempre aconsegueixen escapar dels enemics. Encara que estiguin lligats de braços i cames, immobilitzats i vigilats per dos mil guàrdies entrenats des de petits per matar un home amb un sol cop.

Els que formen part d'una història terrible, moltes vegades sobreviuen per poder explicar- la. Mirant-ho d'aquesta manera, pot ser que en surti amb vida, d'aquesta jugada.

Jo soc la protagonista d'aquesta història, de la meva vida. Per tant, hauria de ser capaç de sortir-me'n. No és tant difícil. No m'haig de preocupar en excés. No hi trec res.

Només cal que faci servir una mica el cap. Una mica d'exercici mental no m'anirà gens malament. Com ho faria, en el meu cas, un agent secret? Com ho faria, un expert en arts marcials? Com ho faria, el protagonista d'una novel·la o d'una pel·lícula?

Recordo mil solucions diferents, moltes de les quals no em serveixen.

Fins que entenc que n'hi ha una de molt senzilla.

Les solucions més simples sovint apareixen en els moments més difícils.

Recordo el que em va dir la veu.

"Faràs una festa de focs artificials magnífica, de les que no s'obliden."

I tant que la faré.

Somric.

Alguna cosa es remou dins meu. Potser sigui l'adrenalina. L'emoció de sobreviure.

Per primer cop en moltes hores, estic segura que somric amb ganes, que esbosso un somriure real.

Perquè tinc un pla que pot alliberar-me.

Així és com ho haig de fer jo.

9

No he hagut d'esperar gaire més del que em pensava. O potser menys i tot. Ha sigut màgic, perquè l'estona que he aprofitat rumiant un pla ha fet que el temps s'accelerés. Quan he sentit com s'obria la porta, el meu cor ha tornar a bategar a un ritme accelerat. No m'ha dit res. No he sentit la seva veu. Només uns sorolls estranys, com si el meu segrestador mastegués alguna cosa similar a uns fruits secs.

He esperat a que es fes el silenci, mentre imaginava com s'esdevindria el meu pla. Algú que empassa saliva. Silenci. Ha acabat de menjar el que sigui que menjava. Ara sé que ha arribat el moment.

Començo a moure'm, primer a poc a poc. Després, més de pressa. Sembla que no se n'adoni. Intentaré tornar a fer-ho, aquesta vegada més fort. Necessito que es fixi en mi amb la mateixa obsessió que dedica un ocell pica-soques a perforar un arbre. Moc una cama, tot i que la tinc immobilitzada. Moc l'altra. Això em resulta divertit. Suposo que ell fa veure que no ho veu. Sap que estic jugant amb ell, però no coneix el joc. Per això no diu res, per això calla i s'espera a que acabi de moure el meu cos.

Estic segura que funcionarà, perquè si una cosa sé dels homes és que la majoria es mouen per les imatges, per les matèries, per tot allò visual. Moc un braç que a penes es mou. Sento com sospira. Agafo aire i el deixo anar amb força, sentint que el meu cos s'ha mogut encara que estigui empresonat, sentint que el meu pit ha pujat i baixat lentament.

Soc conscient que n'estic fent un gra massa. Es podria emprenyar amb mi per la manera com estic actuant. Sé que hi ha un risc. Em podria matar ara mateix.

Però no ho fa. De moment s'espera. Perquè la imatge que està veient el té empresonat dins d'ell mateix. Perquè un home que veu una imatge sent més que quan no la veu. La superficialitat de les coses és la meva aliada. Intento no distreure'm amb la calor, amb la sensació que les forces em manquen. Haig de seguir movent-me amb parsimònia i solemnitat, com una gata en zel, com un ocell alçant el vol, com un llop abans de fer el salt definitiu per cruspir-se una zebra.

Moc una cama.

Moc l'altra.

Sento una mà posada damunt el meu peu.

—Atura't.

M'aturo.

—Sé què intentes.

El meu cor és una festa horripilant de tambors.

—No et funcionarà amb mi.

Em pregunto què he fet malament.

—No soc com la resta d'homes, jo.

Empasso saliva.

De debò, he sigut tan ruca?

Tan malament ho he fet?

O potser només ho diu per confondre'm? Per enganyar-me?

Només hi ha una manera de comprovar-ho. Em torno a moure, malgrat el pes que sento sobre el

meu peu dret. El pes de la seva mà. Pressionant.
Com si volgués immobilitzar-me encara més.
Moc un peu.
Sospiro.
Moc la llengua.
Els meus pits es balancegen al compàs de
la meva respiració.
Si els està mirant, ja el tinc.
El meu cos és més fort que la seva ment.
Perquè els homes pensen menys del que
creuen.
—D'acord.
Segueixo.
Segueixo movent-me.
I movent-me.
Sospiro.
Moc una cama per últim cop.
Ell l'acaricia, molt suaument.
—D'acord. Et deslligaré.

Aleshores, sé que he guanyat.
Tot i que, el que ve a continuació, no m'agrada
gens.

Haver d'entregar el meu cos a una persona sense
sentir res per ella.

Em consola pensar que moltes noies de la meva
edat ho fan només per curiositat, per veure què
passa. Jo ho estic a punt de fer per una raó molt
més vàlida: poder viure. Entregar-me a ell per
poder sortir d'aquest malson.

Espero que no sigui necessari arribar al següent
pas.
Espero que pugui aturar-ho abans que comenci.
Espero que aquesta part del meu pla també
funcioni.

10

Sospiro i sento que el meu cor batega a un ritme serè. No és cap alleugeriment massa gran, però he de reconèixer que em sento una mica millor. Per fi ha arribat el moment que estava esperant amb tantes ànsies. Creia que no arribaria mai, que el meu pla no funcionaria i tot seria una absoluta pèrdua de temps i de forces. Però no ha estat així.

He tingut sort. El meu cos ha temptat la seva ment fins al punt de deslligar-me de les corretges que m'empresonaven. Suposo que ell tampoc s'ho esperava, que jo faria una cosa així.

M'ha tret tot el que m'oprimia. I el ara el puc veure. No és qui m'esperava. No és el meu ex. Tot i que la veu s'hi assemblava. Potser hauria estat millor que fos ell.

No conec aquest home que m'observa en silenci, cremant per dins tant com estic cremant jo mateixa.

Som dos focs encesos per motius diferent.

Ell em mira amb un desig ardent, que sento com creix a mesura que passen els segons. Jo el miro rumiant fins quin punt aquest individu pot fer-me mal. No tinc gaire temps. He d'actuar de pressa, si vull que el que ve a continuació no sigui terrible, sinó una alliberació. He de pensar i no deixar-me endur per la por. Suposo que ell també té por. Por del que jo pugui fer. Però no ho demostra. Se'l veu atent i anhelós, però en cap cas amoïnat.

De sobte, aixeca una mà i la posa damunt la meva cama esquerra. Suposo que no vol fer un joc brut. Sembla que es vol comportar com un cavaller.

—T'agrado?—em pregunta.

Els seus ulls són més vius que el meu cor.

Sap quina és la resposta. Però vol sentir-la dels meus llavis.

—No pots agradar-me després del que m'has fet.

—Què t'he fet?

—Lligar-me.

—Tan greu és?

—No, però no m'ha agradat. Per tant, no m'agrades.

—Ho entenc.

Somriu. Intento imitar-lo, però només em surt una ganyota buida.

—No cal que t'esforcis en caure'm bé.

Sé que jugues amb un punt a favor; ets bonica.

Sospiro. M'ha descobert. Sap de sobres quines són les meves intencions.

—M'has impressionat amb el teu ball.

Però sé que quan en tinguis l'ocasió, fugiràs.

—No sé ni on estic.

—No t'ho diré.

—Per què?

—Estàs esperant que em distregui per estabornir-me o escapolir-te.

—No.

—I tant que sí. No cal que fingeixis més. Sé que no t'agrado, igual que saps que m'agrades. Ets llesta, però has perdut la partida abans de començar.

—Per què em fas això? Què vols?

—Tinc els meus motius.

—Quins són?

—No tinc cap raó per dir-te'ls. A no ser que em donis alguna cosa a canvi.

Torno a sospirar. Què li podria donar? Què és el que vol de mi? Plaer?

Informació?

La seva mà encara està posada damunt la meva cama esquerra. Em mira amb un desig ardent altra vegada vibrant als ulls.

Veig com comença a moure la mà cap amunt. Empasso saliva.

Potser no hauria de tenir por. Potser hauria de deixar-me endur.

Hauria de deixar que em fes el que volgués. Però no en soc capaç. Mai he estat prou valenta per afrontar segons quines coses.

Aleshores se sent un soroll estrany. Una mena de timbre agut que no sé identificar. Haig de concentrar-me per captar-lo amb claredat. És un telèfon. N'estic gairebé segura. Algú està trucant per telèfon.

Instantàniament, penso: "Algú vol salvar-me."

—No et moguis.—murmura, enretirant la mà de damunt la meva cama.—Ni un mil·límetre.

S'aixeca a pas lent i surt de la sala sense que me n'adoni, com si fos una aparició fantasmagòrica.

Abaixo el cap i espero a que torni, rendida. No se m'acut què més fer.

Potser tingui raó. Potser he perdut la partida abans de començar-la.

11

Potser tot plegat sigui un somni.

Potser m'hagi adormit. Però no. No n'estic segura.

Perquè tot d'una he sentit que el cor em bategava a cent per hora i he obert els ulls de bat a bat.

No sé quanta estona porto esperant. Però començo a cansar-me'n.

M'aixeco de la cadira i miro al meu voltant. No recordo que la sala fos així.

No hi ha gran cosa que em pugui fer servei. Un parell de cadires. Una taula.

Un llit. Un marc de fotos de plàstic. Unes sabatilles. Una safata de cartró.

En un racó, veig un armari de fusta petit. M'hi apropo a pas vacil·lant i sospiro abans d'encarar-m'hi com si fos un espadatxí davant d'un dinosaure. No entenc per què sento tan de pànic per un maleït armari. Dins d'una armari no es poden guardar massa coses, ni menys encara si és petit com ho és aquest. Però tinc la sensació que hi trobaré alguna cosa que no m'agradarà. Sento passes que s'apropen.

Em podria amagar en algun lloc. L'armari és massa petit pel meu cos.

No hi ha cap altre lloc. No hi ha cap altra opció.

Agafo una cadira i l'apropo a la porta. Potser això em doni uns segons d'avantatge.

Agafo la safata i la deixo caure a la meva falda. Podria servir-me com a escut, o com a espasa, o com totes dues coses. Depèn de què sigui el que vingui a continuació.

...

Obro la porta de l'armari en el mateix moment que sento com una mà experta mou el mànec de la porta de l'habitació. Empasso saliva i deixo que la por acabi d'apoderar-se del meu cervell. No se m'acut que potser estic amagant-me del meu salvador fins que ja tanco la porta de l'armari i m'hi fico dins. Creia que era petit, però no ho és gens. Plego les cames i me les abraço contra el pit. Em sento una mica millor.

És tot completament fosc. Sento com algú murmura alguna cosa. Sembla un renec. Ja deu haver tornat el meu segrestador. Deu estar buscant-me.

En pocs segons descobrirà el meu penós amagatall.

Mai en tota la meva curta existència m'he sentit tan petita i inútil com ara. Mai en tota la meva vida he sentit que podia perdre-ho tot per no pensar amb prou claredat. Mai m'he sentit tan perduda com ara. Tan buida. Tan llunyana de tot i de tothom. Lluny fins i tot de mi mateixa.

Aleshores palpo amb les meves tremoloses mans la foscor i sento que hi ha algú més dins d'aquest armari. Alguna cosa que es mou quan la toco.

Per un moment penso que soc jo mateixa, que són els meus peus o les meves mans.

O fins i tot, la meva pròpia imaginació que vol

convèncer-me d'alguna cosa.

Però no és pas res d'això.

Primer sento com mou el cap, que li penja.

Sigui el que sigui, sé que està mort.

Quan palpo les seves orelles i el seu pelatge, entenc què és el que estic tocant.

És el meu gos. No pot ser cap altra cosa.

L'abraço amb força. Qui em manava a mi entrar a l'armari? Arranco a plorar. Soc dèbil, burra i bleda. Ploro a crits, sabent que em lliuro a morir. Perquè estic derrotada. Ara mateix no em queda res més per fer.

12

Algú obre la porta de l'armari i jo xisclo com una boja. El meu crit és tan potent que colpeja la meva ment i em fa creure que estic tenint una al·lucinació. Perquè el que veig és tot el que no esperava; un somriure conciliador i una mà estesa, seguida d'un tors despullat i d'uns ulls blau clars.

—Petita, petita Candela, que t'has espantat? No entenc per què parla així, com si jo fos una ximpleta.

És el mateix home d'abans, o m'he perdut alguna cosa en la meva absència dins l'armari? No el reconec, tot i que la seva veu és la mateixa.

Aferro la mà que m'ofereix i intento no tremolar, tot i que sé que no puc evitar-ho. El meu cos és un huracà sense fre, un tremolor insistent. Em sento com si sofrís una descàrrega elèctrica constant. No entenc què em passa ni què està passant ara mateix.

Em giro per veure l'armari.

Està buit.

Tremolo de cap a peus i em deixo conduir per aquest individu que abans semblava boig d'ànsia per matar-me i ara sembla boig d'ànsia per cuidar-me.

El meu "salvador" és el mateix que m'ha segrestat, no n'hi ha cap dubte. Té el mateix aspecte físic.

Però no sembla pas que vulgui fer-me mal. El seu somriure franc i ampli encara no s'ha esborrat del seu rostre. La seva mà encara s'aferra a la meva amb una suavitat increïble. O potser és la meva la que s'aferra a la seva per no caure desmaiada davant la idea que tot això sigui una presa de pèl.

—Què és això, una broma?

—Una broma? De què parles, petita? Jo no faig bromes, petita.

No entenc per què em diu tantes vegades "petita", però sigui com sigui no m'agrada.

Igual com tampoc no entenc per què no deixa de somriure com si tot fos meravellós i perfecte, com si aquí no hagués succeït res d'inusual o violent.

M'agradaria fer una cosa que sé que és inviable.

M'agradaria deixar sortir tot el temor que ara sento atrapat dins meu.

M'imagino a mi mateixa aixecant-me d'una revolada, desfent-me de la seva mà suau amb un sotrac violent i cridant :

—Burro! Imbècil! Et penses que m'empassaré el teu truc de somriure d'encantador de serps?!! Creus que ets el primer que es fa el simpàtic per dur-me al llit?

Però no. No soc capaç ni tan sols de caminar. Haig de permetre que ell em sostingui amb força. Sort que va despullat només de la part superior. Sort que porta pantalons. Perquè sinó ja seria massa surrealista. Perquè sinó em penso que estaria massa espantada per intentar explicar-me què passa i alhora mantenir-me dempeus. No m'imagino que algú amb aquest somriure em pugui fer cap mal, tot i que és evident que aquesta persona és la mateixa que m'ha empresonat i lligat com si fos un animal rabiós.

Em fa seure a la cadira com si jo fos una malalta.

—No veus que t'has de cuidar? No veus que estàs molt cansada?

No entenc de què nassos està parlant.

Què s'empatolla?

—Et cuido des de fa molt de temps, saps?

M'agradaria tant aixecar-me i alliberar-me d'aquest malson. Fugir de la seva veu suau i cristal·lina com l'aigua, dels seus cabells lluents, del seu somriure encantador, del seu tors despullat i musculós que no puc deixar de mirar.

Per què em passen aquestes coses a mi? Per què em deixo impressionar per un somriure de plàstic i un cos fibrat?

No puc permetre que aquesta farsa continuï! Haig de deixar-li les coses clares a aquest cabronàs!

—Jo ....voldria...Què...Què?—balbucejo, com una gallina desplomada.

—No, no, petita. No parlis, ara. No et faria cap bé. Estàs molt greu, entens?

Què?

Greu?

Ha dit que estic greu?

Greu de què? Què coi vol dir que estic greu? Ell sí que està greu! Greument boig!

M'agradaria tant ventar-li un cop de puny i sortir cames ajudeu-me.

M'agradaria tant obrir la boca i preguntar-li de què va tota aquesta història sense sentit. Però no puc ni tan sols moure'm.

Per què estic tan cansada?

Per què sento que tot això és terrorífic però alhora meravellós?

Qui és aquest home? Què vol?

Mou una mà i m'ensenya una cosa prima i llarga.

—Té. Aquí tens l'espelma. Recordes l'espelma? Això cremarà els teus problemes. Igual com ha cremat el que ha picat el timbre abans. No podia fer altra cosa que deixar-lo cremar. Entens el que vull dir? Ho entens, oi?

No, no ho entenc. Com vol que ho entengui? M'agradaria dir-li que no entenc res del que està dient, res del que està passant.

Però les paraules no em surten, tinc la veu trencada com la voluntat. Tinc els ulls caiguts com els braços que em pengen sense força. Tinc la gola seca com el cor pansit.

El meu segrestador somriu com un senyor de casa bona.

Sembla que estigui més content que mai. Sembla que la meva "absència de resposta" l'hagi alegrat.

—Petita, no pateixis. De seguida ho entendràs tot.

Alça l'espelma i l'encén amb una espècie d'encenedor gegant.

La flama és impressionant.

Mai havia vist una flama tan gran.

—*Amlepse*. Petita Candela. *Amlepse*.

—Què...És...—Aconsegueixo preguntar— *Amlepse?*

—*Amlepse* ets tu. Tu et dius Candela, perquè ets el foc que crema. Com va dir aquell: "El foc no té ombra perquè no impedeix de cap manera el pas de la llum a través de si."

—El pas...llum?

Somriu amb malícia mentre es prepara per contestar-me.

Somriu d'una manera tan àmplia i generosa, que em resulta terrible. Em sembla que li sortiran volant la boca i els llavis, i que tot seguit li cauran les dents sense fer soroll.

—Tu i jo, petita. Tu i jo, Candela. Tu ets l'espelma i jo el foc. Cremarem units, cremarem amb ganes, com el teu ex està cremant a l'entrada de casa meva. Ell volia unir-se a nosaltres, saps?

Es fa un petit silenci.

Em quedo glaçada.

Deixa de parlar un moment, com si esperés la confirmació de les seves pròpies paraules. Però jo no diré res. No tinc res a dir ara mateix, i tampoc no puc dir gran cosa.

Torna a somriure.

—Ja ho deus saber, però t'ho explico perquè soc bona persona. El teu ex...Bé, ell era un bon amic meu, però no em volia gaire a prop teu perquè els metges diuen que tinc neurosi agressiva. Però jo vaig riure molt, quan m'ho van dir. Els hi vaig dir que eren uns ximples. Que la majoria de les persones estan afectades per la neurosi en algun aspecte. Per això li vaig recomanar al teu ex que no vingués a molestar-nos. Perquè ell no et volia, no et cuidava gens. Ho sé prou bé, perquè ell m'ho explicava tot sobre tu. Jo et cuido.

Jo et vull. Jo seré millor per a tu. Jo et donaré *l'Amlepse.* Sempre *Amlepse.*

Cremarem sempre. Junts. Tu ets la meva candela, jo soc el teu foc.

Llença l'espelma per sobre del meu cap. Aleshores crido. I ell riu.

Crido perquè fa mal, perquè crema, el meu cabell crema i ell m'agafa fort de les mans perquè no pugui fugir ni fer res per evitar el foc.

Primer riu fluix, fluixet, com si tingués vergonya del que està a punt de fer.

Però quan sent que jo crido amb més ganes, comença a riure ell també més fort.

Esclafeix a riure, llença riallades llargues i eixordadores, com si veure'm cremar fes molta gràcia.

Tremolo. De por i d'impotència.

Un cop més, no puc deixar de pensar que m'ho mereixo. No sé per quin motiu, però potser al cap i a la fi m'ho mereixo.

Suposo que estic somiant, com tantes altres vegades. Suposo que ara despertaré i serà un nou dia.

Tanco els ulls i començo el compte enrere. M'espero a que tot s'acabi. M'espero a que tot deixi de cremar.

13

Porto mil hores esperant i tot segueix igual. Tinc massa fred per estar cremant. Tinc massa por per estar morta. No veig res.

Estic sentint. Sento que encara sento el que havia deixat de sentir. Sento que estic viva i no vull creure-m'ho. Perquè si encara respiro vol dir que no m'he cremat. I si no m'he cremat vol dir que algú ha acabat amb el foc. I si el foc s'ha evaporat, tot pot començar de nou en qualsevol moment. Potser tot plegat era només un joc, una broma pesada. Però ha arribat massa lluny per ser-ho.

Calla.

No pensis.

No respiris.

Pot estar a prop. Però no em pot llegir els pensaments.

O potser sí. Si fos un somni, podria. Tot és possible en el món dels somnis, per això tot somniem i ens sentim més lliures que en la pròpia vida real. Però a mi no m'agraden els meus somnis, perquè sovint es converteixen en malsons. Si és això és un malson, si això no és més que un joc macabra del meu subconscient, com n'haig de sortir, com ho haig de fer per despertar- me?

—Et despertaràs quan jo ho digui.
Qui? Qui ets?
He sentit una veu desconeguda que m'ha parlat de molt a prop. Potser soc jo mateixa qui ha pronunciat aquestes paraules. I ara hi tornen.
—Calla. No parlis ni tan sols dins teu. Dorm.
Aleshores sento que el meu cor batega.
No estic morta. No he cremat.
—Candela. Fes com si ho estiguessis. No pensis en res més que en la mort.
Qui ets? Què vols? Què vol dir, això? Haig de fingir que m'he mort, ara?
—La mort ens allibera de tot. Però primer cal que sembli que hem mort.
Hem? Tu també?
—Soc massa a prop de morir per donar-te explicacions llargues.
No ho entenc. Com pots escoltar els meus pensaments?
—Una altra resposta llarga que no estic en condicions d'oferir-te.
Però et pots justificar. Això sí que tens temps de fer-ho?

—No entens res del que passa, ni ho entendràs.

No ho entendré? Mai?

—La paciència serà la teva amiga. Hauràs d'esperar al final, per entendre el principi.

Què vols dir? Qui ets?

—Dorm. Descansa. No pensis en res i pren la mort fictícia.

No vull morir.

—No moriràs. No ho faràs perquè no estàs morta.

Per què? Per què no estic morta?

—Perquè t'he salvat d'ell. I et puc salvar de l'Amlepse. Dorm fins que t'avisi. Dorm.

Què és l'Amlepse? Qui ets, tu? Ets tu, Jaume?

—Tu ets l'Amlepse. El meu germà es deia Jaume.

Aleshores ets el germà del meu ex?

—El meu germà no va tenir mai nòvia. Va morir massa jove per tenir-ne.

Què? Això no té cap sentit. Ell no està pas mort.

—El Jaume que vas conèixer era el somni de conèixer el Jaume que vas crear dins teu.

Què? No ho entenc. Jo el vaig crear? Però si va ser un desastre de xicot!

—Però l'estimaves dins teu, era el teu desig sense complir. És l'Amlepse, que tot ho transforma. Tot el que creus que has viscut no és real.

Només serà real el que visquis quan despertis. Per despertar, primer has de dormir.

Creu el Camilo.

Dorm...

Dorm...

Dorm...

Dorm...

Jaume.

Jaume.

Dins.

Dins meu.
L'estimava massa.
Jaume.
Sí, l'estimava molt.
Però no era real?

No vam arribar a parlar mai?

No?... D'acord. Dormiré.

Aleshores dormiré.

Haig de dormir. Dormiré.

Dormiré.

Oh i tant, que sí.

Dormiré.
Dormiré.
Dormiré...

14

Tremolo i m'arrauleixo en mi mateixa, buscant un forat on caure. Semblo una rentadora moribunda que es remou i es queixa perquè ha decidit que ja no vol seguir rentant. Començo a tremolar un altre cop amb massa força. Ja van tres vegades seguides. No puc aturar els tremolors fins que el meu cor no deixi de bategar com si m'hi anés la vida. Per què estic tan ansiosa? No estava dormint?

Estic farta d'aquest cercle viciós sense sentit; una roda de pensaments i sensacions absurdes que m'atrapa, un huracà endimoniat que no deixa de repetir-se, com una melodia que no pots treure't del cap

Dormir i despertar, despertar i dormir, esperar i esperar, rumiar i rumiar, no entendre res, perdre el nord, perdre el sentit, oblidar-ho tot i tornar a començar. Algú em sacseja i obro els ulls per no veure res. Tot és fosc encara que m'esforci en trobar la llum. Noto unes mans que m'agafen per la cintura, segurament les mateixes que m'estaven sacsejant.

—El Camilo diu que et despertis.—és la mateixa veu d'abans, inconfusible.

S'assembla molt a la d'en Jaume, però no ho és. Suposo que aquest és el nom de la persona que m'està fent tot això. Per intentar guanyar una mica de temps, li dono conversa.

—Per què?

—És un consell d'amic.

Penso en una resposta enginyosa.

—No som amics.—murmuro, amb la gola seca.

—Pel teu bé ho hauríem de ser.

Es fa un petit silenci. Sento com les seves mans m'engrapen per la cintura i m'incorporen.

M'acaricia suaument l'esquena amb una mà, i amb l'altra em treu un ble de cabells de la cara. No puc veure-hi gens ni mica, soc tota foscor, però el percebo i el sento perfectament.

—Què vols de mi?

—Tu què creus que vull?

—Matar-me? Mutilar-me?

Escolto com riu. Suaument. Com un pardal. Però tot d'una s'atura, com si estigués ofès.

—No et pensis que soc com ell.

—Com qui?

—El meu germà. Ja t'ho he dit. Ell era dolent. Ell et volia fer mal. Encara que mai arribéssiu a parlar, ell m'ho deia. Ho sé tot sobre ell. I sort que tu no ens saps res.

—Què et deia? De què et parlava?

—No vulguis saber-ho. Coses dolentes que anhelava fer amb tu. No només físiques, també mentals. Sort que tu ets molt imaginativa però poc impulsiva.

—Què vols dir?

—L'Amlepse t'ho dirà. Tu ets ella. Tu ets l'espelma. Vas encendre't el teu propi món, el teu propi foc on en Jaume podia estar amb tu. Però només ho vas imaginar. No va passar mai realment.

—Aleshores, és tot mentida? Ell i jo no...?

—No. No hi ha hagut mai un "ell i tu." Sospiro. Ell també sospira. Em torna a acariciar l'esquena amb la punta dels dits. No em puc moure ni un mil·límetre. No em puc moure per por a cometre un error.

Ell ho sap. Sap que estic sota el seu poder.

—N'estava segur. Estava segur que eres una bona noia.

—Què vols de mi?

—Ja ho hauries de saber, no trobes?

—Per què?

Es fa un altre silenci petit.

Suposo que està rumiant la resposta més adequada. O potser està buscant una pistola per volar-me el cervell, aprofitant ara que no hi veig gens. Ni tan sols sé què és el que m'impedeix veure-hi. És frustrant i alhora estremidor.

—Per què, per què, per què. La resposta és evident. Cal que ho digui?

—Sí.

—Perquè vull que estiguis amb mi. Perquè vull estimar-te amb prudència, paciència i valentia, com un foc encès. Vull cremar amb tu, estimar-nos més enllà de les flames. Vull ser amb tu l'Amlepse, ho entens, oi?

—No. La veritat és que no ho entenc gens. La seva mà s'atura damunt del meu pit esquerre. Empasso saliva. Vull desaparèixer i no sé com fer-ho. Sento la pressió dels seus dits sobre el meu cos. No puc respirar. Per més que ho intenti, no puc respirar. Em pregunto per què no lluito. Per què no intento fugir de la seva mà, del seu cos que m'immobilitza. Suposo que sé que sortiria perdent, que no tinc cap possibilitat. Suposo que estic començant a defallir altra vegada.

Sento que el seu alè és molt més a prop de mi del que em pensava. Espero que no vulgui mossegar-me o cridar-me, perquè potser el meu cor no ho podria suportar.

Ara mateix em sento com si m'hagués empassat una botiga de rellotges arcaics que fan "tic-tac" a l'unison. La seva mà juga amb els meus cabells i després baixa fins al meu coll. S'atura al naixement del meu pit esquerre un altre cop.

Pressiona amb força i sospira de plaer. Tinc ganes de plorar i ni tan sols en soc capaç. Les cames em fan figa però intento mantenir la fermesa del meu cos.

—Ja ho entendràs, no pateixis. –Em xiuxiueja a cau d'orella. Me l'imagino somrient ben a prop meu. No puc evitar estremir-me— Per això estic aquí, Candela, per explicar-t'ho.

15

M'ha llepat el nas amb una llengua horripilant. I ha deixat de tocar-me.

Potser se n'ha cansat. O potser està a punt de fer alguna cosa molt pitjor.

—Escolta.

—Sí.

—Calla.—Me l'imagino arrugant el front i somrient— Jo parlo, tu esperes i contestes quan jo vulgui. Ho has entès? Segur que ho has entès. No és pas difícil d'entendre.

—Sí. Sí, ho he entès.

—Molt bé. M'has caigut bé, saps?. De fet, és increïble. M'has caigut massa bé i tot. Més bé del que em queies en els meus somnis. Així que et tractaré bé. No pateixis, seré bo amb tu. Ara et deixaré veure. Però vull que vegis de debò. Ho has entès? Cal que ho repeteixi?

Perquè si cal, ho puc repetir.

No ho he entès. Ni de bon tros. Però no puc pas dir-li la veritat.

—D'acord, ho he entès.

Aleshores hi torno a veure. I prefereixo mil cops veure-hi, encara que el que vegi sigui horripilant.

El seu rostre és un mapa destrossat sense sentit, horrorós i brut, amb carreteres sense asfaltar i un munt de semàfors –rastres de sang– i vidres trencats esmicolats. Té unes celles inexistents que sembla que hagin estat atropellades per un camió.

Els seus ulls estan emmarcats per unes conques buides, per una claror intensa, per unes ulleres violetes de molta fondària i amplada. Els seus llavis semblen rius ofegats; són massa prims i eixuts, violetes, lletjos, estranys. El seu somriure no em reconforta en cap sentit, no em desperta cap tipus d'alegria o alleugeriment. El seu cos és escanyolit i rígid, raquític, fred, petit, lleig, ossut, estrany com ho és tot ell.

Més que un home sembla un rodamón als peus de la mort.

Més que un individu sembla un intent frustrat d'ésser viu racional.

Intento no morir de por, encara que sé que és impossible. M'agradaria molt que la impossibilitat de morir de por, fos possible tot d'una. Perquè sé que ho tinc molt negre.

Perquè ara ho veig tot. Veig com sosté en una mà un ganivet i en l'altra una espelma. La famosa espelma. L'espelma que ho ha trastocat tot.

Una simple espelma. Una llum suau.

Aleshores parla.

—Ho has de fer tu.

El què?, m'agradaria preguntar.

—Has d'encendre l'espelma. Has d'encendre la llum. Aleshores veuràs la veritat.

Veig.

Veig el meu home. En

Jaume.

Veig com està somrient.

Veig com plora. Veig com riu.

Veig com celebra els seus vint anys.

Veig com celebra els seus vint-i-set anys. Veig com juga amb el seu germà, el Claudio. Veig com es baralla amb el seu germà, el Claudio.

Veig com es pega amb el seu germà, el Claudio.

Veig com plora.

Veig com la mare es llença per la finestra.

Veig com el pare apallissa els fills.

Veig com el Claudio visita en Jaume a l'hospital.

Veig com el Claudio somriu i li clava una agulla al braç escanyolit del seu germà. Veig com s'apaga.

Tot.

Aleshores veig el boig.

Obrint-me els ulls.

Davant meu.

Aleshores veig la veritat.

Davant meu. Ara n'estic segura. Ell va matar el Jaume.

Crido de dolor, de ràbia, de por. Ell el va matar.

L'empenyo. Es

mou.

El colpejo.

No sé com ho faig.

Però el colpejo.

Cau.
Crido.
Crida.
El   mossego.
Gemega.
Corro.
Corro.
Corro.
Ja no puc parar de córrer.

16

Tot el que vius, ho sents, tot el que sents, ho vius. Tot el que escoltes, ho dius i després ho esborres. Tot el que escoltes, ho ignores si no t'ho diuen a tu. Tot el que creus és el que existeix dins teu. Tot el que creus és el que crees dins teu.

Avui he parat de córrer. Avui sento crits. Avui sento fred. Avui sento crits de veïns discutint, cridant, donant cops a les parets. Avui estic perduda intentant trobar la veritat entre un munt de preguntes.

Algú truca a la porta. No vull saber qui deu ser. No vull tornar a començar. Prefereixo que se m'emporti el vent. Que bufi ben fort i m'alliberi d'aquesta sensació d'incertesa incessant.

—Obri la porta, per favor! Obri, per favor! No, no, no, obri, per favor!

Crits. Molts crits. Qui és? Per què crida tant?

No sé on és la porta. Ni tan sols recordo on soc jo. Estic a casa meva?

Intentaré recordar.

Però no hi ha temps, els crits són més forts que els meus pensaments.

—Si us plau, noia! Obri la porta, per favor! Puc passar-me així tot el maleït dia!

Qui és? Què vol? Per què no em deixen en pau d'una vegada?

—Ja vaig, ja vaig.—murmuro. Però no sembla que m'hagi sentit, perquè al cap d'un moment ja torno a escoltar els seus crits.

—No, no, no! Això no pot continuar així! Ho sent? Obri la porta, per Déu!

No entenc per què la gent es posa sempre tan nerviosa. No entenc què és el que està passant més enllà de les parets de casa.

Però potser m'aniria bé saber-ho. Sembla que tingui relació amb mi. I a més, no vull haver de quedar-me més estona tancada.

Obro la porta.

Un home vell i arrugat somriu i esbufega. Mou les mans enormes amb nerviosisme mentre es grata ara una cella ara l'altra. Sembla un pallasso que ha perdut la gràcia. No m'espanta. No sembla que vulgui fer-me cap mal.

—Ja era hora, per favor. Sap quan fa que truco? Que està sorda, potser?

—No, no.

—No, no, què?

—Que no ho estic pas, de sorda.

L'escolto perfectament.

—Aleshores potser em podria explicar què coi feia. Per què ha trigat tant a obrir-me la porta?

—Miri, he tingut uns mals dies...

—No m'interessa! No m'interessa gens! Jo només li he preguntat què estava fent.

—No feia res.

—Ah, perfecte. No feia res. Molt bé!

—Dormia.

—Dormia? Com podia, amb l'escàndol que s'ha muntat a la comunitat?

—Quin escàndol?

—Sembla que acabi de néixer, senyoreta.

Faig una ganyota. Si hi ha res que odio en aquest món, és que em diguin "senyoreta".

—Perdoni, senyor, però no sé de què em parla.

—No, no. Perdoni'm vostè a mi.—fa un soroll estrany amb la boca i després espetega la llengua.

—Això és tot?

—Com que això és tot? Que no ho ha entès? N'està passant una de grossa!

—Quina?

—Anem a veure, abans que res...Sap qui soc, jo?

—La veritat és que..

—M'ho imaginava. Em dic Manel, soc el president de l'escala de veïns, d'aquesta comunitat que sembla que s'hagi trastocat.

—Ja ho pot ben dir.

—En fi. El que ha passat, com comprendrà, no es pot tolerar sota cap concepte.

—Què és el que ha passat?

—Renoi! Un altre cop?

—És que em sembla que parlem de coses diferents...

—Ja ho crec. Vostè em parla de Mart i jo li parlo de la Terra!

—No.

—I tant que sí! El que passa és que està l'escala feta un fàstic, disculpi l'expressió. I el replà encara més. I l'entrada principal. Vaja, tota la façana. Tot l'edifici. Està tota plena de fang per tot arreu, amunt i avall, de dalt a baix. Sembla una jugada de nens petits.

Sembla una d'aquelles històries de Carnestoltes. Una innocentada. Però no ho és. Perquè el que embolcalla de manera fastigosa tota la nostra comunitat, no és altra cosa que fang.

Fang. Un munt de fang.

—Sang?

Les cames em tremolen una mica.

—No, sang no. He dit fang.

—Està dient que hi ha sang a tota la façana?

Les cames em tremolen massa. No sé què m'està passant.

—Disculpi, sembla que no ho entén. El que intento dir-li és que algú ha vingut i ha omplert, ha posat vernís, ha pintat, ha untat tota la nostra comunitat de sang.

—Ara ha dit sang. Sang! Oh, no! Per què hi ha tanta sang?

—Què? De què parla? Jo parlo de sang!

—Ostres, no!

No ho puc suportar més. Li tanco la porta a la cara. O potser només sembla que li tanqui.

Perquè encara el tinc davant meu, donant salts com un conill amb les dents fora. La meva ment comença a fer de les seves. Sento que ja no hi soc. Que ja no estic allà. Alguna veu dins d'un racó aïllat del meu cervell m'impedeix pensar amb normalitat. L'home mou les mans i els llavis però ja no hi sento. Ja no hi ha res. No entenc què m'està dient, perquè estic marxant. Me'n vaig lluny, ben i ben lluny, cada cop més enllà, més distant, més distorsionada de mi mateixa...

Sang.

Ha dit sang.

Distorsió de la realitat que realment no està distorsionada, perquè no existeix. No hi ha una sola manera d'existir i de ser real, perquè les coses que un creu, l'altre les nega. L'home crida i s'estira els cabells, em sacseja i no noto cap sacseig. Aleshores veig com s'arronsa i fuig corrents. Deu tenir por de la sang.

Sang. El president de l'escala de veïns marxa corrents.

Jo hauria de fugir. Però no puc. Alguna cosa m'ho impedeix. Penso en l'home que ha fugit. Penso en els homes que criden. Haig d'anar a veure què passa. Baixo les escales de dos en dos. No s'acaben mai. No recordo a quin pis visc, però no s'acaben mai. És un maleït infern, un laberint d'esglaons que només fan que sumar i sumar, i per més que camini i camini mai no resta. Sembla que moriré així, ascendint lentament, baixant escales, deixant- me endur per aquesta foscor que m'empresona.

Aleshores veig algú al replà. Hi he arribat. I algú m'hi espera.

És un home amb un vestit blau i un cartell que li penja d'una pinça on posa el seu nom. Enric Bofarull. No em sona de res. Aleshores veig que sosté una sèrie de cartes que no havia vist mai. Són unes cartes de color negre, que em fan fàstic i por a parts iguals. No entenc d'on surt tota aquesta repugnància fosca.

Què hi faig, aquí? M'estic posant molt nerviosa i no entenc ni per què m'hi poso. Suposo que és cosa de l'edat. Començaré a cridar a veure si em calmo. Noto alguna cosa que m'agafa. És la mà. La mà de l'home vestit de color blau. Blau negre. Amb les maleïdes cartes.

Milers de cartes que em dona. Ell crida. Jo crido. Està tot ple de sang. Les escales. La meva roba. La porta. El pany. La cara de l'home que crida. Ell no està pas vestit de blau. Ell està embolcallat per una massa espessa de color blau. Una pintura que llueix i que rellisca, que fa olor a...Sang.

Ell està ple de sang. M'ajupo i el sacsejo. Li vento un parell de cops de puny per desfogar-me. Bé, perquè es desperti. Bé, perquè em fa fàstic. Bé, perquè estic ansiosa.

Aleshores se sent un gemec.

És un soroll trist. I això que tot estava en silenci. No veig ningú per enlloc. Només sento aquest gemec i l'home deixa de moure's. Estic coberta de sang i de fang i de brutícia i de tremolors.

L'home somriu i els llavis se li tanquen, però els seus ulls brillen i em miren fixament. I no es mouen. No es mouen les seves cames. Les meves no paren quietes. No es mouen els seus braços. Els meus el sacsegen fins que no puc parar de plorar i m'aturo. M'aturo.
Respiro una mica intentant no empassar-me les llàgrimes i alhora no ofegar-me amb la sang que em regalima per la cara, que em desfà el maquillatge que no sabia que portava i que em deixa més pansida que l'home vell que ha trucat a la meva porta.
Sento que algú plora. Sé que soc jo. No entenc per què ploro. Suposo que té relació amb el cor de l'home de blau. L'home de sang. Vestit de sang. Que li toco el cor i no batega. Li acaricio el polze i no respon. Està mort.
Mort. Com jo de por.
He matat un home. Aquí i ara. Sense saber-ne ni tan sols el motiu. I el pitjor de tot és que m'ha agradat.

17

Estic plorant encara quan algú m'acaricia l'esquena. No entenc perquè em passa tot això a mi. Per què justament a mi?

—Candela.

Serà per això. Pel meu nom. Candela. Vol dir espelma. Té alguna relació amb la paraula espelma. Però quina? Per què tots estan tan obsessionats amb l'espelma?

—Això no pot seguir així, hem de marxar.

Obro els ulls i em giro.

L'home vell em mira amb pànic.

—Què ha fet?

—Res.

—Què ha fet amb el carter?

—Jo...

—L'ha matat?

—No...

—L'ha matat. I ara hauré d'encarregar- me personalment que ningú ho descobreixi.

—Què?

—Ja m'ha sentit. Tot aquest merder de fang i ara això. Un home mort. Un maleït cadàver.

—Un cadàver?

—Que és mort. I l'ha matat vostè, ho vulgui o no ho vulgui.

—Jo no he matat ningú.

—Ah, no. I aquestes mans plenes de sang?

—No deia que hi havia sang per tot arreu?

—Fang. Fang! Fang!

—Escolti, qui és, vostè?

—Em diuen el Desenterramorts.

—Què?

—Treballo per una funerària. Odiava el carter perquè va anar-se'n amb la meva dona. Per això el vaig matar, el vaig escanyar amb les meves pròpies mans, després d'arrencar-li els budells. I ara t'encarrego a tu el mort. Diré que has sigut tu i et fotran a la garjola. I ningú et creurà quan expliquis el que t'acabo de confessar. Perquè estic net. La sang la tens tu. N'estàs plena fins al capdamunt. Sang i més sang. Sang, sang!

—Calli, vell boig! Aquest home no està mort, no pot estar-ho. No m'ho crec.

—Com que no? Ha escoltat els batecs del seu cor? Ha escoltat el seu polze?

—No.

—Doncs això vol dir que està mort.

—Potser té catalèpsia.

—Què s'empatolla?

—Ho vaig veure en una pel·lícula.

—No em vingui amb històries. Jo he matat aquest home. Però no ho sap ningú. És ben mort i et culparan a tu. Bon dia tinguis.

—Bon...?

Aleshores veig les estrelles.

Algú m'ha electrocutat.

És clar. En efecte. És l'home vell. El president.

Ha tret alguna cosa de la butxaca, una pistola elèctrica o vés a saber què.

I ara estic inconscient. I pensant. No entenc res.

—Burra, més que burra. Tot són complicacions. Espelma, encesa, foc, foc... Encara puc sentir com murmura unes últimes paraules abans que es faci fosc del tot.

—Jaume, vine aquí, gos pollós. No t'amaguis més. No veus que ja no ens sent?

18

Algú em rasca les galtes i després em fa pessigolles a les aixelles. És un gos. Suposo. O una persona. Dic que és un gos perquè és molt pelut. Si fos una persona, hauria d'estar despullada.

—Desperta't, tros de soca. Ara no hi ha ningú. Aquesta veu...

Un gos enorme em mira amb una expressió divertida.

—Max! Però tu no estaves mort?

—Clar que sí, però això és només un somni.

—Què?

—Que t'estic advertint del que vindrà. Si et lleves ara, si despertes d'aquest somni i t'aixeques, podràs fugir.

—Què vols dir?

—Desperta't.

—Ja estic desperta.

—Desperta't de veritat. I veuràs la llum de l'espelma. Segueix-la i podràs fugir.

Obro els ulls. Els torno a tancar.

No hi ha res. No hi ha res de res. No hi veig gens ni mica. Què se suposa que haig de veure?

Noto una escalfor a l'esquena. Però no hi puc fer res. Tinc el cos immobilitzat. Em deuen haver lligat. Sento un crit i un renec. Potser torni a venir el Jaume. O el president de l'escala. No sé quin dels dos està més boig.

—Merda de noia, no sé què hi vas veure!

—Jo no hi vaig veure res, ella em va encegar amb la seva espelma del diable!

—Deixa de dir aquesta paraula si no vols que t'estomaqui.

—Entre tu i jo, si hi hagués un combat de boxa, ja et dic qui guanyaria.

—Calla, burro. Potser siguis més jove, però més idiota també!

Estan discutint per mi. No saben què fer amb mi. Per què no em maten d'una vegada? Per què els hi agrada tant fer-me patir fins a l'últim sospir? Suposo que el joc de l'espelma es basa en això.

—Vaig a veure què fa! Si s'ha despertat i ens ha sentit, serà culpa teva, només teva!

—Calla d'una vegada! No serveixes per res, només per posar-me dels nervis!

Sento passes, uns peus que s'arrosseguen amb mandra i s'acosten. Qui deu ser? Quasi prefereixo que sigui el president vell i boig. El Jaume, tot i que el conec de fa temps, no em sembla gaire de fiar. En quin moment vaig decidir estimar un home d'aquesta mena? Com el vaig conèixer? Va començar tot en aquella absurda festa? Per què sempre acabo ficant-me en els embolics més increïbles?

—Noia, és hora de llevar-se.

Sospiro. Ara em farà mal. Possiblement aquest sigui l'últim cop que veig el sol. No estaria tan malament. Vull acabar d'una vegada amb aquest malson. Potser no hi hagi altra sortida que la mort. No ho hauria de desitjar, perquè ja diuen que els desitjos a vegades s'acaben complint, però no em convenç gaire aquesta idea. Jo no soc de les que creuen en fantasmes, reencarnacions i altres històries de fantasia i terror. Sempre he sigut una noia humil i estudiosa, tranquil·la i ben educada. No em considero una persona supersticiosa, i mai no he demanat a ningú que em llegeixi la mà o que m'expliqui la seva vida.

...

I ara, en un plegat d'hores, la mort m'ha perseguit, el meu propi *nòvio* m'ha intentant matar, i sense adonar-me'n ni recordar-ho, he assassinat l'únic home amb el que havia interactuat sense que acabés fugint cames ajudeu-me.

Potser tinc un problema greu que necessita ser revisat amb urgència.

Potser dins del meu cap hi ha alguna peça que s'ha desmuntat, desencaixat, trencat...

—Vols fer el favor? No et voldria fer cap mal, Candela. Fes un soroll o alguna cosa per saber que ets aquí i no t'has mort ofegada, per favor.

—Mmmm...

—Molt bé.

—Què? Fem via o no fem via?

—Ara vaig, Desenterramorts!

—Doncs a veure si és veritat, Jaume dels pebrots!

—Està com una cabra, Candela. Aquest home està més boig del que m'imaginava. Mira, jo no volia que res d'això passés. No pas d'aquesta manera. La meva intenció era desfer-me de tu d'una manera .... Una mica menys violenta, per dir-ho així.

—No entenc de què em parles.

—Aixeca't d'una vegada, merda!

—No veig res.

—Estàs lliure de veure-hi si obres els ulls i t'incorpores. Aleshores et desfaré tot el nus de merda de cables i cordes que aquest vell ha lligat al voltant del teu magnífic cos.

—No vull...

—No m'obliguis a fer això, Candela. Ja saps que jo només vull el millor per tu. El millor per mi. El que sigui més adequat per tots dos.

—Si no em vols a la teva vida, per què no em deixes i te'n vas?

—No és tan senzill, no pas.

—Explica't.

—Ara no tinc temps. Ell no em deixarà que t'expliqui res. I ja et vaig explicar prou en el seu moment. Així que mou-te, va, aixeca't!

M'incorporo sabent que és tot el que em queda, que no puc fer altre cosa.

—Ah, i aquesta vegada, fes bondat, eh?

Ho diu per com vaig mossegar-lo i pegar-lo. Per la meva absurda idea que vaig empescar-me per fugir. No va servir de res. Tot es va acabar al mateix punt d'inici, el punt de partida absurd que és aquest on estic ara.

Obro els ulls. No hi ha gran cosa per veure. Un passadís sense fi, amb multitud de portes i un fons blanc com la neu. Unes parets que no conviden a la calma sinó a la sala d'espera de l'hospital més insípid que hagi trepitjat mai.

Camino sentint que no soc jo mateixa, que sigui qui sigui soc una altra persona més jove, més innocent i boja que aquesta. No vull morir, però tot sembla indicar que ells sí que ho volen. Camino lligada de cap a peus però amb una certa llibertat. Els peus no els tinc tan tensats, els puc moure amunt i avall just el suficient per desplaçar- me. El Jaume m'agafa amb força pel braç i em guia per portes i passadissos que no havia vist mai. Encara som a casa seva?

Què és aquest lloc?

19

—On som?—pregunto, sense adonar-me del que faig.

—No pateixis, el cop ha sigut fort. Aviat sabràs tot allò que no recordes.

Seguim caminant, ell a pas lleuger, guiant-me amb un cert nerviosisme però en cap cas amb empenta o violència excessiva. No sembla que vulgui fer-me mal com abans. No se'l veu agressiu o boig. Ara mateix sembla un home com qualsevol altre. Un home cansat que no sap què està fent però només sap que ho ha de fer.

El miro de reüll però em fa por que em descobreixi espiant-lo de tant a prop. Ell fa petits sorolls que semblen renecs. El noto tens, tot i que no ho sembla aparentment. Els seus llavis estan premuts i les seves mans enormes no m'agafen amb força, sinó tot el contrari, amb una suavitat estranyament reconfortant, com si volgués tranquil·litzar-me per així calmar-se ell també.

—No em miris.—murmura.—No em miris ara.

Suposo que ho diu perquè obre una porta i de sobte entrem a una sala que està plena de miralls per tot arreu. Sembla una d'aquelles atraccions on anava de petita amb els pares. Els meus estimats pares. On deuen estar? Què deuen fer amb les seves vides? Arribem a una sala on hi ha una taula gegantina, rodona i freda com el marbre.

Al fons de tot, a l'altra punta, hi ha assegut l'home més estrany i fastigós que hagi vist mai. No és l'home vell d'abans, és algú altre. D'això no en tinc cap dubte...

Potser és el que porta la veu cantant en tot aquesta fira de bojos. En tot aquest joc sense sentit.

Al vell mig de la taula hi ha una espelma que em resulta vagament familiar. No l'havia vist mai abans, ni tan sols fa un segon me n'havia adonat que estava aquí, a pocs centímetres del meu rostre. La taula és enorme, però sembla molt més petit ara que m'assec a una cadira estreta i sense mobilitat, encaixada al terra. Estic asseguda a pocs centímetres d'on s'ha assegut el Jaume. Em mira un instant i després fixa els ulls en l'espelma. Així que l'imito. Sentint els nervis a flor de pell. La suor a les aixelles i les galtes vermelles.

No està encesa. L'espelma brilla amb força per una llum que surt de sota la taula. Però està apagada. És una espelma esvelta i de color taronja. Sembla que sigui una taronja esculpida en forma d'espelma. Potser no sigui una espelma de debò. No sembla una espelma normal i corrent. Només de mirar-la sento que alguna cosa tremola dins del meu pit. És com si hagués de fer alguna cosa en concret amb aquesta espelma. Però no tinc ni idea de què és ni de quan ho hauré de fer.

L'home vell fastigós i lleig, que té un nas que se li allarga fins a la barbeta en una unió gairebé impossible, fa un gemec i quan el miro, somriu àmpliament.

  —Bona tarda, noia, noia, noia.

  —Bo...Bona tarda.

  —No cal que diguis res. Ara parlo jo.

  —D'acord.

  —Veig que ets obedient, però no prou.

  —No...

  —Calla, maleïda noia esgarrifosa!

  ....

Se m'ericen els cabells.

  —He estat esperant durant molt de temps aquest moment. Has de saber que vas venir al món per encendre aquesta espelma. I que ja l'has encès un munt de vegades. Però aquesta no és una espelma i prou. Cada vegada que l'encens, passa alguna cosa extraordinària. Per exemple, et fa esborrar la memòria. Per això sents que l'has vista però no saps on. Per això no fuges corrents tot i que saps que no podries marxar i ho desitges. Per això obres ara els ulls com a plats i comences a sentir que entens el que estic dient. Encara que no recordis res del que et va passar. Però ja ho recordaràs. Primer de tot, has de saber que ets a casa meva. Bé, tècnicament és un laboratori. Però tots els científics i operaris van morir per una explosió molt forta. Quina va ser la raó d'aquesta explosió, et preguntaràs.

Doncs va ser l'espelma. O millor dit, tu. Tu ets la raó de tot plegat. El teu nom ja ho diu. No t'has preguntat mai per què et dius així, per què els teus pares van decidir anomenar-te Candela? No t'has trobat escrites paraules en sang al mirall de casa teva, unes paraules misterioses que malgrat tot, et resultaven familiars? No les ha escrit ningú. Perquè no han existit mai. Igual que tot el que ara veus. No és més real que les veritats que la societat ens ensenya. Tots nosaltres som tan reals com tu vulguis. Depenem exclusivament de tu i la teva persona, i sobretot, les decisions que prenguis amb aquesta espelma. Perquè només tu pots encendre aquesta espelma. Et faré una demostració.

...

L'home vell intenta encendre l'espelma amb un encenedor sorgit d'enlloc.

No ho aconsegueix.

—Tu ets l'escollida, sempre ho has estat. El Jaume no ha estat mai el teu xicot. Només ho has desitjat i s'ha complert gràcies a l'espelma. Però ara ell et vol morta. I malgrat tot no t'ha matat. Perquè tu no pots morir. No senyora. Jo no li deixo pas que et mati.

Perquè jo sé que tu ets més important que la ràbia que encega el cor d'aquest home. Tots estem bojos, però jo m'enduc la medalla d'or. Vaig matar els meus pares quan vaig saber que la teva espelma existia. No podia permetre que ningú impedís el meu destí. Ells eren un obstacle. Tu ets la meva meta. El meu objectiu. L'home vell que et va dir que era el president de la teva escala ha sigut el meu amic invisible, el meu més fidel seguidor, que ha espiat des que vas néixer tots els teus moviments. No existeix, aquell home. El vaig crear amb la meva ment. Igual que tu vas fer amb la relació que t'uneix al Jaume, l'home que ara és aquí. Ell vol matar-te només per la teva culpa, Candela. Vas encendre l'espelma i el terror es va desfermar per la Terra. Però el problema és que tu no ho recordes. Tu no saps res. Ets la creadora i destructora de tots els teus mals, només tu pots escapar-ne, i malgrat tot, no els recordes. Perquè l'espelma et pot. L'espelma és més forta que tu. Alguna pregunta? Sí, sé que en tens. Després me les fas.

Aprofitant un descans, beu una mica d'aigua. Fins i tot bevent aigua em fa venir esgarrifances.

—Ningú pot dir que l'espelma és més que una espelma. L'espelma té un nom molt concret que és el seu nom a la inversa, el que hi havia escrit al mirall de casa teva. *Amlepse.*

Aquest és el miracle de l'espelma. Quan l'encens, s'inverteix el món i es recrea, es redescobreix dins del teu cap, dins de la teva imaginació i capacitat inventiva.

Es fa un petit silenci.

—*Amlepse* ets tu, Candela. Els teus pares ho sabien, sabien que eres així. Et van protegir durant anys. Però ara han embogit. Per culpa teva. Perquè tu vas encendre l'espelma.

Encara que no ho recordis. Si pronuncies la paraula *Amlepse*, Candela, el món s'aturarà. I podràs fer-ne el que vulguis. Però cada vegada que ho facis, algú morirà. I si algú mor, voldrà dir que tu patiràs. I si pateixes, s'invertirà la balança dels teus sentiments, i per evitar això, l'espelma farà que ho oblidis, t'esborrarà tots els mals records.

Oi que només tens records bonics?

Oi que recordes coses i no saps d'on venen? Tot el que ha dit és cert en certa mesura.

Però malgrat tot, no tinc cap resposta per a aquestes preguntes.

De sobte, un grinyol suau d'una porta que s'obre.

M'estremeixo de cap a peus, arraulint-me contra mi mateixa. Qui més ha de venir?

—Oh, que bé.—murmura l'home fastigosament vell—.Camilo, Oriol, nois, passeu, passeu.

M'arronso encara més, el meu cos és un espai diminut, si això és possible.

No pot ser. El Camilo, el germà bessó del Jaume. I l'Oriol, el meu segrestador. Què fa, aquí? Realment és possible que estiguin tots dins del mateix sac?

20

No em puc moure. Si ja estava espantada un parell d'hores enrere, ara em sento terriblement morta de por. Un pànic inconfessable em té atrapada dins de mi mateixa. Encara que pogués moure'm, no ho faria. Segueixo lligada de mans, de braços i de cames. No crec que ningú dels presents vulgui deslligar-me encara. Suposo que estan rumiant què fer-ne, de mi. Si volen matar-me, qui d'ells s'encarregarà de desfer-se del meu cos? Enviaran algú perquè vengui els meus òrgans vitals a una màfia russa?

No sé per què coi estic pensant aquestes burrades.

No és moment per decidir a quina hora moriré.

—Candela, petita i bufona, ja feia temps que no ens veiem.-em diu el Camilo.

La seva veu se'm clava a la pell com una pluja d'estelles.

—No la molestis.—murmura el seu germà bessó, el Jaume. Realment s'assemblen molt. Si es posen tots dos ben a prop, un al costat de l'altre, no estic segura de poder diferenciar-los. Potser els trets facials del Jaume siguin una mica més delicats que els del Camilo. L'Oriol és el més imponent de tots. Ni tan sols es mou de la vora de la taula. Suposo que espera noves ordres. No diu res. Tampoc no cal que digui res per resultar-me esfereïdorament odiós.

Les seves celles arrufades i el seu somriure murri ja confirmen què deu estar pensant. Segur que si estiguéssim a soles, em faria les mil i una tortures. No crec que sigui un segrestador i prou.

Els seus ulls amaguen alguna cosa més. És massa corprenedor per pensar-hi gaire estona.

No vull mirar-lo ni un segon més. Abaixo els ulls i els clavo a les meves cames rodejades de cordes.

—Ara sí que sembla el que ha de ser.—diu l'home vell i fastigós.—Si no m'equivoco, ja hi som tots.

Tots els presents assenteixen breument amb el cap. Sembla una manera de saludar-se.

—Meravellós.—el vell somriu d'una manera esgarrifosa, amb unes dents que se li separen i uns llavis que regalimen saliva. Els seus ulls són rodons i penetrants quan m'observa detingudament. –Suposo que a hores d'ara ja ho deus haver entès, Candela, però igualment reitero: ets la peça fonamental d'aquest joc, d'aquesta macabra juguesca, aquest malson que no pots ni imaginar ni comprendre, però que tu mateixa has creat.

Ets la teva pròpia creadora, i només tu pots fugir de tu mateixa. Sembla una endevinalla molt complicada, però no t'espantis; molt aviat ho entendràs tot.

Faig un sospir molt discret. Fins a quan més hauré d'esperar per començar a entendre de què va, tot això?

—No t'amoïnis, que ara ve la part més interessant.-torna a somriure, però aquesta vegada es un somriure molt més petit; m'estalvio veure les seves dents fastigoses.— Ets una noia especial, i tots som aquí per saber més de tu. És un feedback on tots sortim guanyant. L'única que perd, és la guanyadora. És una gran contradicció. Tu tens la clau i totes les respostes a totes les preguntes que et voleien pel cap ara mateix.

Tu ens has dut fins aquí, i només tu saps com sortir-ne. Encara que potser ara no ho sàpigues, no ho recordis o no ho entenguis.

D'acord. Suposo que això ja t'ha quedat clar. Ara, per explicar-me millor, citaré Voltaire:

"L'originalitat no és més que imitació judiciosa."

Què et desperta, aquesta màxima?

Originalitat? Màxima? Despertar? De què diantre parla, aquest vell? Cada vegada entenc menys el que passa. Si us plau, si això és un malson, que em desperti d'una vegada.

—No cal que responguis si no tens una resposta clara. Ho entenc perfectament. Jo em sentia igual quan vaig saber que tu eres la portadora i creadora d'*Amlepse*. Va ser un autèntic xoc. Un fet inesperat, i malgrat tot, d'allò més bonic. Tots estem desconcertats i alhora meravellats amb la teva llum, Candela.

—Quina llum?

—Tu tens allò que alguns antics pensadors o filòsofs anomenaven "la llum", sobretot corresponent a l'època de la Il·lustració i totes les obres literàries posteriors. Tu ets la llum que il·lumina tot el nostre món, Candela, encara que ara no ho entenguis. Tu ets original, espontània, humil, diferent a la resta, estranya, divertida, bonica, tendra, meravellosa, i mil coses més que no m'atreveixo a dir en veu alta. Ets la virtuosa de la virtut desconeguda, ets la creadora d'allò impossible de crear, com una gran arquitecte que no sap quin ha estat el seu major èxit. Tu ets una artista que no reconeix el seu art. I ara, perquè ho puguis veure de primera mà, et faré una demostració.

L'home vell s'incorpora d'una manera silenciosa i inquietant. Calculo que mesura aproximadament un metre vuitanta. És molt més alt del que m'havia semblat en un principi. El seu rostre es contrau una mica. Sembla com si volgués dedicar-me un últim somriure abans de la seva demostració inesperada, però no ho hagués aconseguit del tot. S'espolsa la pols de la camisa negra que porta, amb un coll alt i punxegut de vampir i una corbata d'un color carbassa elèctric acabada en punta. Els seus pantalons i les seves sabates també són completament negres. Arruga el front i les seves mans es mouen donant cercles en l'aire. Sembla que vulgui dibuixar alguna cosa a l'espai emmarcat per un fons blanc. Ningú es mou.

No s'escolta ni un so. El rostre de l'home vell s'arruga encara més, tot i que em pensava que això no era pas possible.

Treu una llengua estranyament rosada i la mou al voltant dels llavis amb una agilitat increïble. Després, torna a guardar la llengua dins de la boca i prem els llavis amb força. És com si intentés fer alguna cosa però no li sortís de cap de les maneres.

—Vine.

L'ordre arriba molt feble a mi. La seva veu és tan suau que gairebé no la puc entendre. No m'esperava que em parlés.

—Vine.

No em moc ni un mil·límetre. Ningú em mira. Tots els ulls estan posats en l'home vell immòbil a l'altra punta de la taula amb les mans alçades i el rostre descompost.

Sembla que estigui presenciant un enterrament futurista, amb parets blanques enlloc de negror de cementiri i tombes.

—Acosta't.

Obeeixo. Aquest cop no ho he pogut evitar. Les meves cames es posen en marxa per si soles. Suposo que és el que calia fer. No hi ha res més a fer en aquest moment. Tots els presents ho estaven esperant.

Camino com puc amb les cordes que m'impedeixen avançar ràpid. Tremolo una mica. Els meus passos són els que trenquen el silenci absolut que hi havia fa uns instants. Em sento petita, molt petita, i alhora capaç de tot. No sento vergonya per estar allà, ni tampoc pena o llàstima. De sobte, és com si realment aquesta colla de bojos tinguessin raó, com si jo fos l'única persona que pot estar aquí, la que té la clau de tot plegat.

—Molt bé.—murmura, amb una veu encara més suau que abans.—Ara toca'm.

Què? Què diu, aquest vell fastigós? Vol que el toqui?

—No tinguis por. Soc inofensiu. Aquí l'única persona perillosa de debò, ets tu, Candela.

D'acord. Jo soc la perillosa. Aleshores, per què em sento tan diminuta, tan inexistent, tan poca cosa?

On se suposava que l'haig de tocar? A la cara? Al braç? A la mà?

No ho tinc gens clar. Estic tan espantada com un gos davant de l'aigua.

El toco. Li acaricio vagament la mà dreta, la que està més a prop meu. No es mou.

—Ara digues aquella paraula.

Aquella paraula?

—Ja saps, *Amlepse.*

Si. Ja ho sé. Però per què l'haig de dir? No se suposa que haig d'encendre la maleïda espelma o el que fos aquesta cosa, primer?

—No tinguis por. No t'espantis. No has de tenir por de tu mateixa.

Aquestes misterioses paraules em fan reaccionar. Si jo soc tan important i única com ell diu, si realment tinc aquest poder, res em pot vèncer. Soc forta. Puc fer-ne el que vulgui.

Escolto el meu pensament. M'endinso dins del meu cervell, que treballa a tota velocitat. Empasso saliva. Els meus peus es mouen amb nerviosisme, intentant situar-se a un lloc una mica més estable.

Quina absurditat. El terra és totalment llis.

Tots esperen que jo faci el que toca.

Tots volen que digui la paraula. Ho faig.

Perquè no puc negar-me dues coses.

En primer lloc, no puc negar-me la curiositat de saber què passarà després, què vindrà a continuació.

En segon lloc, no puc negar-me la sensació de poder i d'importància que sento cap a mi mateixa ara mateix. Mai m'havia sentit tan estimada, admirada i observada amb bons ulls com en aquest instant.

El que no em pregunto, el que soc incapaç de preveure, és què faré un cop tot estigui a les meves mans.

I aquest és el pitjor error que podia haver comès.

—*Amlepse.*

21

Un.
Dos.
Tres.
Poesia a l'inrevés.
La blancor damunt meu. Algú
caient com llisca la neu.
Un violent crit que trenca la veu.
Una por enorme sense preu.
I dins meu, una creu. I
dins meu, una veu.
I dins meu, fredor i neu. No
pensis amb el cap.
No pensis en allò somniat.
Encara és aviat.
Encara és lluminositat.
Per què córrer si ja fas tard?
Per què preocupar-se si encara no has
arribat?

Per què calcular el passat?
Per què amoïnar-se si ja has oblidat? Per
què dins teu la neu?
Per què tantes veus i ara una altra veu?

...

Vola.
Ets llum. Ets tu.
Has despertat. La paraula has pronunciat. La
teva veritat ha començat.
Obre   la   ment.
Tanca els ulls.
I...Recorda. I recorda. I recorda.

...

Una noia que s'avorreix dins del mar de sucre
com un peix dins de la peixera sense fer res.
Només espera. Què espera? L'espera. L'espera.
L'espera d'esperar que desespera. Una noia que
va a l'escola i s'enamora. Una noia enamorada
d'una   persona   equivocada.   Quina   mirada.
Quina besada no realitzada. La mare no ve. No
pot jugar a canviar bolquers. El pare està al
carrer. No
pot somriure cap moment. No tens res a
fer. Ets una noia que s'avorreix.
Tanques els ulls i busques allò que
t'agradaria que fos. Allò que mai serà.
Allò que no podria passar.

Un matí de caliu. Un matí d'estiu. Una claror que sembla un riu. Una lluna que dura fins la matinada. Una jove bruna despullada. Tu i l'altre. Tu i la persona que tant t'agrada. Que no pots ni aguantar amb la mirada. Tots dos, tu despullada. Tots dos sota la llum cremada. Somnis que voldries recordar. Però no pots.

No pots. No pots. Saps per què no pots? Perquè son somnis que encara han d'arribar. I al fons de tot, una espelma.

I de cop, despertes.

...

I la mare ja ha arribat. El pare ha parlat. Tots dos et miren i estan atabalats. Criden.

S'exciten. Tens sang al nas, tens sang al nas. La noia bufona i callada està sagnant.

...

Què has fet? Treu la sang, treu més. I va rajant, va rajant. És sang que surt pel nas i pel braç. Després surt més. Surt més per la boca i pels peus.

Què ha passat? On estaves, quan has sagnat? Desperta, contesta. No pot ser que sigui veritat. T'has despertat?

Una urgència. Unes cames corrents a càmera lenta. La mare crida i ningú la sent.

L'ambulància s'enduu la noia amb un moment. El pare abraça la dona estimada.

Què hem fet malament? Què hem fet malament?

Avui no poden parar de repetir que això no hauria de ser així. El metge parla amb ells. No han de patir. La noia està bé. Només ha tingut una hemorràgia interna. Cop al cap, potser. Sense fer res. D'aquelles estranyes, sense cap perquè. No té ferides internes, ni senyals de violència ni res que s'assembli. Suposo que és una reacció del cos. Que està canviant, que està creixent, que lentament es va desenvolupant. Què està passant?

Què està passant? El doctor somriu i mou la mà saludant. I es va allunyant. I es va allunyant.

Els minuts van passant. Van passant. El pare i la mare van plorant. Van somicant. De tant en tant, es van abraçant. I van plorant. I van plorant.

La noia surt. Quin gran ensurt. Està prou bé. Diu l'infermer. Somriu molt, però no sap perquè. Tot anirà bé. Tot anirà bé. Els pares somriuen també. La noia no sap què fer. Ja no surt sang. Ja no estan plorant. Galtes vermelles i llàgrimes salades eixugant.

Tot va bé. No ha passat res. Els dies passen. Els anys també. Tot queda en res. Oblidat.

Els seus pares li fan costat. No ha passat. No ha passat. Repeteixen amb ansietat. Ella n'oblida el significat. No sap. Ja no sap.

Però un dia crema una espelma. Un dia encén la casa sense saber-ne de brases. La mare no hi és. El pare, el mateix. La casa crema i la noia és una dona que no s'adona de res.

Els pares arriben massa tard. La flama se l'ha emportat. El metge de l'autòpsia ho ha confirmat. Tot ha passat. Tot ha passat.

Llàgrimes i abraçades i comiat. Els pares es fan costat. Un i l'altre, es fan bondat. La noia ha marxat.

...

Aleshores desperta. La porta oberta. Ella està bé. Els seus pares, també.

I una veu que li diu que té una segona oportunitat. No t'ha sortit bé.

Tornarem a parlar-ho en un altre moment. Més endavant. T'has reencarnat.

Ara fes bondat. I tot va bé.

Fins que un dia l'encén. I el pare i la mare es tornen bojos al moment. I els que saben què ha passat, venen a veure-la i a fer-la costat. Primer l'espantarem. Primer l'espantarem.

Són el grup d'homes que viuen dins la seva ment. Homes que ha creat amb el seu cervell privilegiat.

Els que reviuen cada moment dolent i l'empresonen en un calaix fosc i discret de la seva ment. Tens una altra oportunitat. I fins aquí t'ha portat. La paraula has pronunciat. Ara prepara't per la teva pròpia maldat.

Prepara't.

Prepara't per lluitar contra el teu propi cap. Prepara't.

22

Espelma.
Olor   d'espelma.
Obro els ulls.
Casa meva. Estic a casa meva.
Tot ha estat un maleït malson. No podia ser
que estigués en aquell món.
El meu cap és un rodamón. Haig d'anar a un
lloc i no sé on.
Per què no puc parar de fer rimes?

Sacsejo el cap i m'allunyo del llit. Quin neguit.
Una altra rima. Dins del meu cap, la rima ha
rimat.

    —Oh, prou!—crido per mi mateixa. No hi
ha ningú més. El "prou" ressona. La paraula
m'empresona.

    Començo a donar voltes per la casa. Ja sé
què busco. El meu gos. El Max.
On és? He de saber si està bé. He de
comprovar que...

Un truc a la porta.

Qui deu ser? Ja hi tornem a ser? (una nova rima, no pot ser)
M'apropo a la porta. Una veu s'escolta. El meu cor se'm sortirà del pit. Quin neguit. Va tot bé, em dic a mi mateixa sense moure els llavis, va tot bé.
Unes passes s'allunyen i la porta tremola una mica. Em tremolen a mi les cames instantàniament. No m'ho puc creure. Al costat de la porta, hi ha una cosa que no vull veure.
Una nota. Un full doblegat. L'obro. De costat a costat.
Espero que no posi...
Llenço un sospir. Sembla una nota ben normal. Res de surrealista o d'especial.

EI, SENYORA CANDELA!
M'HO VAIG PASSAR MOLT BÉ AHIR A LA NIT!
NO TINC EL TEU MÒBIL, PER AIXÒ ET DEIXO AQUESTA NOTA.
PER SI VOLS TORNAR-ME A VEURE: VISC AL PIS DE SOTA TEU.

La nota sembla que estigui una mica estripada. S'acaba així. No hi diu res més.
Qui és? No recordo res del que va passar ahir a la nit. De fet, no recordo res de res del que ha passat últimament. Busco el meu mòbil per tota la casa durant una bona estona. Em torno a llegir la nota. Tinc mòbil? No ho sé, no ho recordo. Vaig a la meva habitació a canviar- me de roba. Potser sortir al carrer em despertarà del tot.

Quan obro l'armari no hi ha res. Res de res. Està buit. De dalt a baix.

Perfecte. No tinc roba. Què se suposa que vol dir, això? Soc pobra, o algú s'està burlant de mi?

De sobte sento un lladruc. No pot ser.

El cor em comença a bategar a un ritme accelerat.

Un altre lladruc.

D'on ve, aquest soroll?

Escolto amb atenció. Però ja no se sent res. Ni un so.

Una cançó comença a sonar. Sembla una sonata de Bach, o de Beethoven o d'algun altre d'aquests. Serà que em truquen al telèfon fix. Però no sé on està. No sé on diantre està el telèfon fix de la meva pròpia casa. Soc un desastre. Què coi vaig fer la nit passada? Vaig beure'm una ampolla de Jack Daniels jo sola, o què? Em vaig muntar una bona festa. Serà això. Sí senyora. Ets una jove molt madura. Per això no recordo qui és el de la nota. Per això no recordo res de res d'ahir.

M'assec al llit i sospiro. Les cames em tremolen una mica. El cap em fa mal, però el dolor mai m'ha portat problemes. L'ignoro i ja està.

La música segueix sonant amb tota la suavitat del món.

M'estiro al llit, rendida. Què em passa? Què n'he fet, de la meva vida?

Noto una cosa dura.

És un cable. Deu ser el cable del telèfon. Efectivament, el segueixo amb la punta dels dits fins que palpo un objecte allargat.

L'agafo.

M'hi poso. No tinc temps de dir ni una sola paraula.

Algú altre la diu per mi.

—Amlepse.

23

—Qui és?

—Amlepse.

—Qui és?

M'espero un minut. Dos. Tres. Les cames em tremolen. El cap em ressona com si l'hagués fet servir per obrir un meló. Finalment la resposta arriba a l'altre costat del telèfon.

—Ja ho hauries de saber.

És una veu molt suau i bonica. Tan bonica que gairebé em quedo muda. Potser m'hi quedo de debò i no en soc conscient. Les mans em comencen a suar molt i molt.

Finalment, parlo.

—Ets l'home fastigós?

—Què?

—Ho ets?

—Soc la teva millor amiga, coi!

—Ah...

—Ahir vas superar-te, tia! Ets el que no hi ha, eh? No m'esperava menys de tu!

—Què vols dir?

—Que no te'n recordes? Bé, no és tan estrany.

Riures melòdics. Una veu preciosa.

—Què va passar? M'ho expliques?

—No ho sé...Què em donaràs a canvi?

—El que vulguis.

—Un petó!

—Fet!

—Ah, massa fàcil! Millor dona'm el noi que et vas endur al llit!

—Quin noi?

—No et facis la tonta, que et conec com si t'hagués parit.

—No recordo cap noi.

—El que va dir-te que eres la llum, la candela, l'espelma, la brillantor i mil coses més.

Em quedo glaçada. El telèfon em cau a terra.

Soc una ruca. No passa res. Tot va bé.

Tot va bé.

—Res d'això està passant. Res d'això està passant.

Aquestes paraules em tranquil·litzen momentàniament. Però hi ha alguna cosa que no acaba de funcionar. Hi ha un soroll que no vull reconèixer i m'inquieta. Una espècie de gemec ofegat d'animal.

No pot ser.

Algú m'acaricia les cames. Em sembla que estic delirant.

No vull respirar. No vull moure'm.

No vull que això sigui real. M'agradaria convertir-me en una altra persona, una noia diferent, que no es deixa endur per la seva imaginació.

Només voldria abandonar-me a un lloc més amable per retrobar-me amb els que estimo.

Em giro.

No és possible.

Merda.

No és possible.

El Max està somrient.

El meu gos està somrient. El

meu gos.

El que s'havia mort en mans d'un home desconegut.

Somrient.

Mort.

O no s'havia mort?

I si tot plegat ha estat un malson que no recordo?

Com se sap on comencen els somnis i on acaba la realitat?

24

Obro els ulls. No,
no els obro.
Ni tan sols moc les parpelles.
Però noto algun moviment. Alguna idea es
desperta dins meu. Em bullen el cap i la sang a
parts iguals. Estic farta de despertar de nou
sentint que el món torna a començar. No es pot
tenir una vida normal? No es pot ser una persona
més o menys com la resta?
Burra. Ets una burra. Per pensar que podies
viure en aquest món, que els teus pares et
mereixen, que la teva vida era necessària, que tu
estaves aquí per un motiu real, que tot el que
feies tenia una raó de ser, que tota la teva
existència estava envoltada d'aplaudiments, que
totes les persones que estimaves t'estimaven amb
tota la seva ànima...

Tot era una enganyifa. No hi ha cap espelma. No hi ha cap somni trencat. No hi ha cap carter mort. No hi ha cap poder ocult dins teu. No ets especial. No ets millor que els altres. No ets més que un munt de merda. No ho entens?

Tota la teva vida ha estat això, una mentida. No t'enganyis més. No vius a casa dels pares. No vals res. No tens un xicot ni un ex. No has tingut mai res.

No has viscut mai res del que creus. Tots aquests records tan meravellosos al costat del Max, al costat del Jaume, al costat de la mare i el pare...

No.

No.

No existeixen. No han existit mai. No són records. Tan sols són imatges fictícies, pel·lícules barates que has articulat dins del teu cervell, un seguit d'històries que desitjaries que haguessin sigut certes, verídiques, reals...

No soc ningú. I ningú em vol. Una

veu llunyana que ressona.

—Doctor, sembla que la pacient comença a despertar.—diu la veu.

La sang em bull. Tinc ganes de cridar.

Tinc ganes de matar a tothom perquè vegin del que soc capaç.

Obre els ulls.

Una llum ardent. Una lluminositat que se't clava a la pell i a les parpelles. Una paret blanca. Un munt de ferralla i cables. Molts, moltíssims cables i corretges per tot arreu. Unes mans acariciant-te les cames.

—És bon senyal?

—Segur que s'ha despertat?

—Té els ulls oberts.

Un minut de silenci. O potser dos. O tres.

—Aleshores acaba de sortir del coma.

Coma.

Ressona la paraula dins meu.

Coma.

Coma.

Coma. Jo? Per què?

—És bon senyal.—diu la veu masculina, l'home de les ulleres i el rostre arrugat. Noto com m'acaricia la cama amb suavitat. Què fa?

—Aviso algú?—pregunta la veu femenina, la infermera.

Ningú no respon. La mà de l'home damunt la meva cama.

Ara una cama. Ara l'altra cama. Treu-me la mà del damunt, porc fastigós.

No em toquis més, si no vols que et doni una puntada de peu.

Veuràs les estrelles abans no puguis comptar fins a cinc.

—No, no facis res. Encara és aviat.

La mà es passeja per damunt de la meva cama com si fos un cuc fastigós. És una mà peluda.

Lletja. Voluminosa. Rugosa. Ostres.

Com la mà del Max.

Un moment. Max?

Com?

Ha dit Max?

Crec que sí.

Però...

Qui és el Max?

Obro molt els ulls, com plats.

Tot el que recordo ara està transformat en una habitació d'hospital.
Les parets blanques. Els cables.
Les corretges.
Els sorolls de la màquines.

25

—Està a punt de dir alguna cosa.

Ho vull dir. Sí. I tant que estic a punt de dir una cosa.

—No em toquis la cama, desgraciat!—crido, embogit, movent-me com si algú m'estigués intentant ofegar.

Em noto molt cansada.

No he dit res. Potser ni tan sols m'he mogut, en realitat.

L'home fastigós d'ulleres de cul de sac i de rostre arrugat somriu.

—Està intentant parlar.

—Desconnecto l'aparell respiratori?

—Nadia, si us plau, no facis res.

—D'acord.

—Ves a prendre un cafè. Et convé descansar una estona.

La infermera anomenada Nadia desapareix, surt del meu camp de visió com per art de màgia. Noto els batecs del meu cor a un ritme lleuger. Sembla que l'home fastigós ja no em toca la cama. Estic una mica més tranquil·la que abans.

—Mira'm, Candela.

El miro. Ho haig de fer per força, s'ha situat just al centre del meu camp de visió. Per més que ho volgués, tampoc podria moure el cap. Diria que el tinc lligat amb algun mecanisme. Sembla que sigui un robot.

El miro. Té uns ulls ben bonics, a pesar del seu rostre fastigós carregat d'arrugues. No em sembla pas tan horrible, ben mirat. No sé perquè el tatxo de fastigós. Sembla un home gran, fatigat i humil. Sembla que vulgui escoltar el que vull dir. És un home amb una barbeta caiguda i un nas llargarut com un llapis. Té els cabells blancs i arrissats. Semblen flocs de neu. M'agradaria acariciar-los per descobrir quin tacte tenen. Els seus ulls són ametllats i tendres, molt grans i rodons. Sembla que no pugui parar de mirar-lo. El seu alè és càlid, i fa olor de menta o alguna cosa similar.

—Perfecte. Ara digues, com et trobes?

—Bé...

—D'acord. No cal que parlis. No cal que diguis res. Aviat ho entendràs tot.

És increïble. Em poso nerviosa automàticament. Aquestes paraules...són les mateixes, calcades, a les del malson. Són les que van originar tot el meu pànic, aquella sensació d'ofegament, de voler morir, de sentir que no puc més, que faci el que faci tot anirà a pitjor, que res serà com jo ho vulgui...

—Escolta'm. T'ho explicaré tot.

Faig que sí amb el cap, o almenys ho intento.

—Ets una jove intel·ligent i bonica, potser una mica introvertida i seriosa, però molt maca. El que et va destrossar va ser tota la sèrie de mals tràngols que vas viure. Quan tenies deu anys vas ofegar el teu gos sense voler. Era un gos petit, el teu estimat Max. El vas deixar a la banyera plena d'aigua massa estona. No en va poder sortir. Et va afectar tant que vas deixar de parlar durant gairebé un any. Et passaves els dies mirant espelmes, encenent-les i apagant-les. Van ser les primeres mostres d'autisme i neurosi depressiva. Després, vas recuperar-te i vas formar la teva pròpia vida. Et vas fer gran.

...

—Tenies una feina estable en una revista de moda. Eres tota una experta en els temes de bellesa del moment. Tenies més de deu persones al teu càrrec.

Calla i segueix de seguida:

—Tot t'anava com la seda. Però vas recaure un dia. El teu pare va morir d'un accident de cotxe. Et vas passar trenta dies sense menjar res de res, ni una engruna. Només bevies glopets petits d'aigua. Va costar molt tornar a acostumar-te al menjar.

El doctor fa una petita pausa per agafar aire.

—Vas oblidar-ho tot. Vas embogir. Vas tenir visions. Espasmes. La teva germana Amèlia et va ajudar molt. Va estar al teu costat tant com va poder. La teva mare estava més afectada, li va costar més connectar amb tu. Vas tenir depressions. Et vas intentar suïcidar dues vegades amb espelmes. Tenies una obsessió malaltissa per les espelmes. Autisme. Asma. Visions. Deliris. Neurosi agressiva. I un bon dia et vas posar bona. Vas recuperar la consciència, la raó. Vas tornar a ser tu mateixa, adulta, segura, feliç. Tot anava la mar de bé. Tot sembla tornar a la normalitat. Però les tragèdies tot just acabaven de començar. No n'hi havia prou amb les que ja guardaves dins teu, en un racó fosc de la teva ànima. No fa gaire, vas recordar el que va passar un parell d'anys enrere. Aquell fet tràgic inexplicable.

Després d'un petit silenci punyent, continua:

—La teva mare i la teva germana van morir fa dos anys en un incendi. Un incendi que tu mateixa vas provocar sense voler. Tenies una espelma de les teves, premuda entre les mans amb força, quan els bombers et van trobar, amagada sota una pila de roba i cendres.

Estaves parcialment cremada, però no eren cremades greus; amb el temps vas recuperar-te. Tot semblava ser massa. I encara no va acabar aquí. Tenies uns seguit de records dins teu que et feien mal i no volies treure fora, no volies reviure de cap manera. Però va venir una tragèdia més. La definitiva.

El doctor calla un segon.

Arronsa les celles. Em mira, esperant que digui alguna cosa. Com que no dic res, segueix parlant.
—El teu ex-marit va morir de càncer de pulmó fa cinc mesos. Era un fumador empedreït, igual que tu eres una obsessa de les espelmes i les flames. Ell era el teu àngel de la guarda. I no va poder seguir en aquest món...—Va marxar. No ho vas poder suportar. Va ser un xoc duríssim per tu, potser més dur que els altres. O potser va ser la suma de tot plegat. Ho comprenc. Ho entenc.

—Tots hem passat moments terribles, però tu ens guanyes a tots. Soc el teu doctor i psiquiatre des de fa més de deu anys.
Has anat progressant molt, però després de la mort del teu marit, vas recaure. Et vas sucumbir en una depressió profunda. No sorties de casa. Estaves sempre sola, asseguda al terra, amb les llums apagades i una espelma encesa entre les cames.
Semblava que et volguessis morir.

—Potser t'hauries suïcidat si un veí no hagués trucat a la policia avisant de l'olor a carn cremada que feia casa teva. No sabem d'on provenia l'olor. Suposo que tenies alguna cosa a la cuina, dins del forn. Quan va arribar la policia ja estava convertit en cendres. S'estan analitzant, però és molt poc probable que es resolgui de quina matèria procedeixen. Feia mesos que estaves en coma. I avui has despertat. Has despertat, ho entens? És una gran victòria. Has obert els ulls per primer cop en sis mesos. Ets molt forta, Candela. Tens molt de poder.

Tens molta llum, ja ho diu el teu nom. Ets més forta que molts pacients que he vist. Podràs sortir-te'n, ja ho veuràs. Només et cal una última empenta. I podràs deixar enrere el passat que t'encadena a una vida perduda, a una vida trista que no mereixes. Perquè tu ets maca. Ets bonica.

Tens molt per oferir. Molt més del que et penses.

...

La mà del doctor s'apropa de nou a la meva cama dreta. No ho entenc. Per què m'explica tot això i ara...Em toca?

M'estremeixo de cap a peus. Si el que m'ha dit és cert, estic molt pitjor del que em pensava. Per això mateix sentia que tenia poder, per això vaig tenir aquells malsons inquietants. Tot plegat, producte de la meva ment. No hi ha cap poder de l'*Amlepse* ni res de semblant. Soc tan sols una noia deprimida. Una malalta amb una imaginació desbordant.

La mà del doctor m'acaricia la cama amb una suavitat que no m'agrada. És massa bo. És massa tendre. Em recorda allò que no he viscut. El tacte de la mà damunt la meva pell com ho feia ell. Com ho feia el meu home. El meu ex. Va morir fa sis mesos.

Però el recordo com si encara fos aquí. No ha anat enlloc. És aquí. Dins meu.

—Relaxa't una mica.—diu l'home vell fastigós.

La mà del doctor comença a enfilar la cama. Què es pensa que fa? De debò que no ho entenc. Potser el que m'ha dit sigui veritat, però ell està més malalt que jo. Com se li acut fer caricies a una pacient? Qui es pensa que és? És per això que ha fet fora de forma subtil a la infermera? Per poder tocar- me la cama amb més intimitat?

—Pensa que ara estem sols.

Pausa.

No.

No pot ser.

No ho vull pensar.

El seu somriure no és gens agradable.

No és sincer.

No és bonic.

És més aviat un somriure trencat.

Una espècie de ganyota macabra de dolor. Tinc ganes de fer-li molt de mal. Molt més mal del que m'han fet a mi.

La mà s'acosta a la meva cuixa, a la part més alta. No és normal. No pot estar passant això. Si els meus malsons eren horribles, aquest home ho és encara més. La mà es passeja amunt i avall, com si acariciés l'aigua. És suau i alhora aspre. Plena de pèls. Arrugada. Quants anys deu tenir, aquest doctor? Què es pensa que fa?

—Saps que t'agrada. No és el primer cop que ho fem.

Que ho fem? No és el primer cop? Què està dient? Com pot atrevir-se a fer això? No té una mica de seny, una mica de raó, una mica de professionalitat? Per què es comporta com si ja no fos una malalta? Com si fos la seva amiga...O alguna cosa més?

—Això t'anirà bé. Creu-me.

La seva mà em toca la pell més humida. La pell que ja no vol ser tocada. Deixa de ser gens agradable. Pensava que duria calces. Però no duc res a sota de la bata. Per què? Qui m'ha vestit tan fresca? Com si estigués fent-me una operació de cirurgia estètica. Ha sigut la infermera, per ordres del doctor? Ho farà sovint, això?

La seva mà examina la zona més tendre del meu cos. És aquella zona que ara està més freda. No vull que ho faci. Però diu que no ha estat el primer cop. Potser sempre m'acabo deixant. Potser no tinc altre remei.

Potser...Potser forma part de la teràpia.

—A tu i a mi ens anirà bé.

No ho puc aguantar més. Ha arronsat la mà i un dit s'ha obert pas pel lloc prohibit. Què es pensa que fa? Començo a suar. Això no està bé. No està gens bé.

—Així t'agrada? No, no cal que responguis.

Ara entenc els malsons. Ara entenc tot el que he estat veient tot aquest temps.

La seva mà s'ha convertit en un mar plegat de tentacles de pops gegantins, un munt de dits que m'examinen sense pietat, lentament i després amb més pressa, menys lentitud.

Sembla que vulgui gaudir del moment però alhora tingui pressa. No puc deixar de sospirar i tremolar alhora. No m'agrada gens, no m'agrada gens.

Però les corretges m'impedeixen moure'm. No puc fer res per aturar-ho. Ara ho entenc. Per això ho ha fet tantes vegades. Ell sap trobar el moment oportú.

Algú pica a la porta.

M'imagino algun dels homes fastigosos dels meus malsons.

M'imagino entrar el Max.

M'imagino com li mossega a la mà al doctor desgraciat.

El doctor deixa de somriure.

—No et moguis.—em diu, picant-me l'ullet. Sap que no puc moure'm. Només m'ho diu per pressionar-me, per posar-me més nerviosa. Només ho diu perquè vol jugar amb mi, perquè li agrada veure'm tensa, veure'm així de fàcil, de indefensa, de cohibida i alhora lligada, alhora necessitada, alhora desitjada i preocupada.

Va cap a la porta sigil·losament, només per veure qui truca.

Intento moure el cap per veure-ho. Però no puc. No puc. No puc.

La porta s'obre. Sento com xerra amb algú. Però parlen fluixet. Em costa penes i treballs identificar les paraules.

—No és necessari...

—Però ara li toca medicació...

—Ha millorat, està dormint...
—D'acord, però...
—Si us plau, marxi...
—D'acord, doctor...

La porta es tanca. La meva ment s'obre. Si em pogués veure a mi mateixa en aquest estat, potser acabaria encara més deprimida. He de fer alguna cosa.
—Ja està. Ja no ens molestaran més. Per on anàvem?
Somric per no plorar.
La seva mà entra amb força. Fa mal. Molt de mal.
Se'l veu seriós. Ja no vol anar a poc a poc. Ja no vol que en gaudeixi. Em vol veure cridar. Vol que pateixi. Més encara. Més encara.

26

Crido. És com si algú m'estigués obligant a passar-ho malament. Crido amb força.
Crido i ell pressiona els dits més endins, més fort, més ràpid. Potser fica la mà sencera. Potser la treu. Potser la mou.
Arriba un moment que ja no sento què passa allà baix.
Ja no sento res.
Només dolor.
Dolor.
Dolor.
No vol que gaudeixi. No vol res de mi. Només veure com ploro. Només sentir com crido. Però no crido de debò. Encara estic massa feble per parlar. Encara estic massa feble per moure'm. No puc fer res per evitar que això s'acabi.
Sembla que llegeixi els meus pensaments, però somriu i comenta:
—Això s'acabarà quan jo ho vulgui, ho saps, oi? Quina llàstima que no puguis dir ni un mot. És una llàstima grandiosa.

Per què? Per què em fa això? Què té al cap aquest home? Què ha viscut, perquè estigui així de malalt? Potser el seu pare abusava d'ell. Potser la seva mare abusava d'ell. No ho sé. Tant és. No ho vull saber.

Només vull fugir. Que s'acabi. Que em deixi.

Que es mori. Que es mori. Que es mori.

I de sobte se m'acut una idea. Enmig del dolor i del moment de llàgrimes inundant- me el rostre, la suor caient lentament aixelles avall i els seus dits amunt, amunt...

Potser no estic lligada i prou. Potser estic drogada. Això explicaria que no pugui parlar. Que amb prou feines pugui respirar.

Que em costi fins i tot pensar, raonar.

—Ets molt bona. Sempre ho has sigut. Penso en alguna cosa alegre. Penso en el Jaume. Ell fent-me mal. No, no encaixa. Però em reconforta una mica. Ploro i crido sense que ningú ho senti. Ni tan sols jo mateixa ho puc sentir. Només sento aquest dolor i només veig aquest home vell que s'allibera, que emmalalteix davant meu per un desig seu, un desig que no puc entendre.

Aleshores recordo la meva inventiva. Busco una sortida, un lloc on amagar-me. Imagino un altre món, un lloc millor, un nou horitzó on caure. Començo a rimar paraules, tot plegat en un moment, inconscientment, sense adonar- me. El doctor ja no hi és.

El dolor ja no és res.

Estic en un món enmig del no-res.

Estic en un món sense dolor ni paraules.

Un lloc especial, on no tot s'hi val, on no hi ha res relacionat amb el mal.

Busco vida en racons sense vida.

Busco la sortida en records que voldria.

Records que no tinc.

Records que parlen d'on vinc.

El Jaume. El pare. La mare.

L'Amèlia. El Max. I així donant voltes, que mai t'aturaràs. La meva

amiga. No recordo ni el seu nom. Com es deia?

Vull abraçar-los a tots.

Però no hi són. No hi són...

Aleshores algú crida. Ho puc sentir.

Una llum enmig de la nit.

Deixo la rima. Obro els ulls. Però la rima torna. Estic sense ulls.

El vidre es trenca. La porta oberta.

Una noia que entra. Corre-cuita.

La baralla infinita.

La infermera arriba la primera. Ha llençat un pot de vidre contra la porta. Ha entrat a la força. El doctor ha prestat atenció. S'ha oblidat de la meva escalfor. S'aixeca. Un somriure de queixa. Disculpa. El meu dolor és la seva culpa. S'aixeca i parla amb una veu seca. Té la boca oberta i jo la meva pansida. Em tremola el cap i la ferida.

—Fora d'aquí!—crida la veu masculina.

—Ets un malparit!—contesta la infermera sense cohibir-se.

Es barallen amb paraules. Ell intenta acaramel·lar-les.

—Jo no he fet res, ha sigut la noia qui m'ha insistit!

—Ets un boig maleït! La teva mare m'ho ha dit!

—La meva mare només sap mentir!

—Doncs està aquí!

Arriba la mare. El doctor rep una plantofada.

Cau a terra. La sang se m'altera. El foc del meu cor em crema.

La dona s'endú el seu fill agafant-lo per les espatlles. Ell no deixa de somicar i de mirar-me als ulls amb obstinació.

—Jo no he fet res, jo no he fet res...

—Marxem abans que arribi la policia!

—Que l'has trucat? No vas dir que faries bondat?

—Marxeu d'una vegada, desgraciats!

No volem doctors malalts!

La infermera somriu i vacil·la. S'evapora tota sola, fugint per la sortida.

L'habitació blanca i buida, com una llum sense vida. Un altre doctor em saluda i entra amb certa por.

Em pregunta alguna cosa que no entenc.

La gent va entrant, contínuament.

Jo faig com si tingués son.

Però ells només volen saber el meu nom.

27

—Què és tota aquesta emoció?

—Ha sigut increïble, això!

—L'abusador de la qüestió era un doctor.

—No, no i no. No pot ser, això.

—Vaja, quina consternació!

—Ostres, quina pudor!

No entenc què diuen. No entenc res.

Els crits sempre m'han fet mal.

No valen un ral.

—Perdona, que ens sents?

—Disculpa, ens entens?

Hi ha un esclat de veus i de flaixos enlluernats.

Les llums s'apaguen per moments.

El meu cor sembla un escuradents, està petit i prim.

Va bategant com si hagués fet un cim o hagués comès un crim.

—Aneu sortint, aneu sortint.— diu un doctor. Es produeix una certa serenor.

—Perdona, això fa temps que passa, però fins ara només eren rumors...

Tinc ganes d'escopir-los a tots.

Tinc ganes d'enterrar mil morts.
Sou tots una colla d'hipòcrites.
Sou tots uns malalts com ell.
No ho puc suportar més.
Tanco els ulls.
Es fa de nit.
Aleshores sento un batec trist dins del pit.
Algú m'acaricia la mà.
Obro els ulls.
Faig un crit.
Un crit.
Un clam gegant que em surt del pit.
Fins a l'infinit.
Com la nit.
I quin crit!
S'ha sentit.
Sí.
S'ha sentit!
I tant!
No puc parar.
Torno a cridar.
Començo a tremolar.
I a tremolar.
I a tremolar.

El Jaume em mira i diu, amb una veu
sense neguit:
    —Ja pots marxar. Ja pots marxar.
Mai et vaig estimar. Mai et vaig estimar.

Em trenco. Somric.
Aquest és el millor delit. Penedit.
Sento una rialla.
L'Amèlia em mira i diu, amb una veu que
balla:
    —Ets la llum, ets la llum. Ves-te'n lluny,
ves-te'n lluny.

Somric.
Per no plorar, em dic.
Sento un sospir.

El pare i la mare, em miren i s'abracen sense
saber què dir.
És massa per a mi.
Fan adeu amb les mans i es fan fonedís.

Aleshores ja no somric.
Sento que caic en un pou buit.
I la nit. I el meu cor, que s'ha partit.
Un altre malson més.
Però davant meu veig una espelma encesa.
Qui ha estat? Qui ha tingut la bondat?
Qui ha complert la meva darrera promesa?
    —Bufaré l'espelma.—murmuro, ara que
ningú em sent.

És un jurament. I és el millor.
I la respiració vaig perdent.
Tot s'enfosqueix en el mateix punt del
present.

Fins que la foscor es fon amb la blancor
definitivament.
I el meu cor s'atura, molt lentament.

M'apago.
La Candela s'apaga.
Ja no és encesa, ja no crema.
Se submergeix en la tristor.
I torna a sentir-se aquella olor.

Espelma.
Olor d'espelma.

La història d'*AMLEPSE* continua a...

SEMLEPSE

*Aquesta obra s'ha publicat de manera autodidacta, invertint voluntat, temps i diners per poder autopublicar-me mitjançant **Amazon Kindle Publishing**.*

*Més de 500 persones han confiat en ella, per això han permès que es fes possible aquest somni, aquesta realitat **d'una segona edició**.*

*Si t'ha agradat, valores les noves veus literàries i creus que la recomanaries, **no dubtis en fer-ho**.*

Explica la teva experiència lectora a amics, familiars, coneguts, companyes de classe, companys de vagó de tren, veïns de bloc de pisos...

*Em faràs **l'escriptor més feliç del món**.*

Moltes gràcies i fins aviat!